徳 間 文 庫

深川ふるさと料理帖(二)

輪島屋おなつの潮の香こんだて

馳 月 基 矢
上田聡子監修

徳 間 書 店

目次

第一話　いわしの卯の花ずし

一

遠い江戸にあって、ふるさとを思う。

大切な人から受け取った文を開けば、波の音と海鳴りが耳の奥によみがえる。真夏の海の輝くような紺碧も、冬の岩瀬に打ち寄せる波の花の白さも、まぶたの裏にありありと描くことができる。

「おなっちゃん、俺が船に乗っとる間の輪島のこと、俺の代わりにしっかり覚えといてや。そんで、次に会って話せるときに、おなっちゃんのことと輪島のこと、たくさん俺に聞かせてま」

丹十郎は旅立ちを前に、おなつにそう言った。

いまだ雪深い一月の終わりだった。丹十郎は、十四になったその年から、家業である弁才船の商いの旅に加わることが決まっていた。

弁才船が停泊した大坂へ、まずは徒歩の旅だ。雪の積もった峠を越え、途中の寺に立ち寄ってはお参りをし、白い田畑を横目に見ながら歩いていく。海沿いの道に出れば、身を切るような潮風が吹きつける。難所がいくつもあると聞く。

おなつは寂しくて、涙をこらえきれなかった。丹十郎が危険な目に遭うかもしれないと思うと、それも恐ろしくて、あふれ出した涙が止まらなくなった。おなつはそのとき、正月で十一になったばかりの、ほんの子供だったのだ。

旅姿の丹十郎はすっかり大人びて見えた。泣いてしまったおなつの前で膝を屈めて目の高さを揃え、優しく微笑んでくれた。

「おなっちゃん、泣かんといて。俺は必ず帰ってくるさけ、元気で待っとって。おかえりって、笑って迎えてほしいんや」

「うん、もう泣かんとく。輪島のこと、ちゃんと見て覚えとくし」

「ありがとう。行ってくるわ」

おなつと指切りをして、丹十郎は旅立っていった。その後ろ姿がすっかり見えなくなるまで、おなつはしゃくり上げながら見送っていた。

輪島のことを語るとき、おなつは、磯の香りに包まれるように思う。

磯の香りは季節ごとに移ろう。それはきっと、芽吹いたばかりの若い海藻のにおいだ。輪島の海には、いろんな海藻が生える。

大寒の頃、かじめが荒波に運ばれて浜に打ち上がる。逆巻く潮風が身を切るほどに冷たい時季だ。それでも、おなつは輪島のおなご衆とともに浜へ行って、かじめを拾ってくる。

「旬のかじめは、とろとろの舌ざわりがたまらん。味噌汁や粕汁にすると、さっと鮮やかな緑色に変わる。磯の香りがして、おいしいんやわ」

くすんだ茶色のかじめは、おなつの手のひらと同じか、少し大きいくらい。もみじの葉のように枝分かれした形で平たい。何枚か重ねて、くるくると丸めて細切りにしたら、ひとつかみずつ椀に入れ、熱々の汁を注ぐ。

海苔がいちばんおいしいのも、小寒から大寒にかけての冷たい季節だ。磯の岩にくっついて生えるのをむしって、洗わずそのまま干したのを、ぼた海苔と呼ぶ。

「ぼた海苔には潮の味と磯の香りが、ぎゅっと閉じ込められとる。その味わいが好きなんや」

採った海苔を真水で洗って塩を抜き、七寸（約二一センチメートル）四方の竹簀に敷きつめて乾かしたのを、お敷海苔という。艶のある黒色のお敷海苔をさっと火であぶると、美しい緑色になる。磯の香りも強くなる。

昔は、輪島の沖の舳倉島で採れる黒海苔はすべて加賀藩に献上するのが決まりだった。藩から江戸の将軍さまに差し上げる品だったという。輪島の民はおこぼれにもあずかれなかったそうだ。

「輪島の海の幸、特に海藻にはそれくらいの値打ちがあるんやって。父さんがそう言っとった。丹十郎さんたちの船も、輪島の海の幸を干したのを積んで、よその湊に売りに行くんやもんね」

畑の作物に豊作と不作があるように、海藻もよく採れる年とそうでない年がある。海苔は、冬の海がひときわ冷たい年にこそ、よく採れる。

海苔の若い芽は、春の気配の訪れとともにぐんぐん育つ。そうすると歯ざわりがごわごわしてくるので、海苔を摘む季節はおしまいだ。

水がぬるみ、雪が解け、海の向こうから吹きつけてきていた冬の風が去って、暖かな春風に潮の香りが溶け込む頃には、わかめを採る。

「春のお彼岸から立夏の頃まで、そこここに茣蓙を敷いて、採ってきたわかめを天日で干すんや。わかめのにおいは、春が来たにおい。丹十郎さんたちの船が、輪島に立ち寄る季節のにおいやね」

おなつにとって待ち遠しい季節だ。何をしていても沖のほうが気になって、上の空になる。船影が見えるたびにそわそわして、帆印に目を凝らす。分厚く丈夫な木綿の一枚帆には、船ごとに異なる印が黒で染め抜かれているのだ。

弁才船の商いは、一年でひと巡りする。

海が大荒れに荒れる冬の間、弁才船は大坂に留め置かれている。春の彼岸の頃になると、船にしこたま荷を積んで、商いの旅を始める。瀬戸内を西へ進み、長州の馬関を過ぎ、いわゆる北前の海へ出る。

北前という言葉は、丹十郎が教えてくれた。

「おなっちゃん、知っとる？　俺たちが乗る船のこと、大坂や瀬戸内の商人は、北前船って呼んどるんや。北前というのは、ほら、ここに広がる海のこと。日ノ本の北に広がる海を走る船やから、北前船って言うんやって」

丹十郎は、輪島の廻船問屋いろは屋の末っ子だ。明るく笑う人で、絵を描くのが得意。十四の頃から弁才船に乗っているおかげで物知りでもある。輪島に戻ってくるたびに、船旅の暮らしのことをおもしろおかしく語ってくれる。

「あたしも、丹十郎さんみたいにうまく話せたらいいのに」

丹十郎がいない間に、能登は雪解けの頃を迎えている。海藻鍋の季節が終わって、山菜を摘みに行く季節になる。

わかめを天日で干す頃に、丹十郎たちの船は幾日か輪島に立ち寄る。そしてまたすぐに船出する。丹十郎のいない日々が再び、おなつのもとに訪れる。

だから、初夏の磯の香りは何となく切ない。

輪島の海女は海に潜って、つるもを採ってくる。つるもは藁のように見える海藻で、海の底から、すーっと長く伸びて生えているそうだ。それを一年ほども干して乾物にする。輪にして巻き取っておくのだ。からからに乾いたつるもは黒ずんだ色をしているが、水で戻すと、うっすらと透き通る。

「胸が苦しいときでも、つるものおつゆは、つるんと入っていく。味が淡くて、癖がない。たくさん採って干しておくから、年中食べられるんや」

同じ頃に海に潜って採れるのは、もずくだ。絹糸のように細く、くしゃりとしていて、ぬめりが強い。

「いったん熱いお湯をかけて、それから冷やして、生姜をきかせてお酢でいただく。お斎には必ず、もずく汁を作るやろ。そのためのもずくは、採ってすぐに塩漬けにしとくんや。それでも、採れたてのもずくが、やっぱりいちばんいいし」

旬の頃の海藻がいっとうおいしい。おなつはそれを知っているから、初夏のくろもやもずくを食べるたび、切なくなる。

「丹十郎さんに、食べさせてあげたいわ。こんなにおいしいんやから」

それとも、丹十郎は今頃、どこかよその湊でごちそうを食べているのだろうか。ずっと波に揺られたまま、米と味噌と塩とたくあんだけの食事を続ける日々だろうか。

弁才船は瀬戸内や北前の海を進む間、馴染みの湊に寄って商いをする。入り用の品を各地の湊へ届けて売りさばき、代わりに蝦夷地で重宝される品を買い込むのだ。

初夏から梅雨へ向かう頃、弁才船は蝦夷地の松前湊か江差湊に到着する。蝦夷地の南端の松前では、夏はからりとして涼しく、梅雨のような長雨が続いたりはしないらしい。

　蝦夷地では、寒さのために米が作れない。ゆえに、稲の茎から作る藁さえ貴重だ。藁を綯って作った縄も、縄で編んで作る俵も、蝦夷地に運べば高値で売れるという。積荷を売りさばいたら、仕入れをする。夏の蝦夷地では鰊や鮭の漁がおこなわれている。そうした北の魚や、反物のように長い昆布を弁才船いっぱい買いつける。

「俺たちの船は千石船やぞ。一千石もの重さの荷を積めるんや。これだけたいそうな船でひと巡り、商いをすると、一千両の儲けが出る。目が回るほどの大金やろ？　こう見えて、俺たちも大金持ちなんやぞ」

　丹十郎が冗談めかした口ぶりで自慢していた。嘘つきでもほら吹きでもない。でも、一千両の商いだなんて、あまりに途方もなくて、おなつにはぴんとこない。

　蝦夷地での買いつけを済ませた弁才船は、大坂へ向けて船出する。その途中、夏の終わり頃に輪島に立ち寄る。

　この時季の磯の香りは、てんぐさを天日に干すにおいだ。海底の岩場に生えるてんぐさは、細かに枝分かれした姿の海藻で、赤紫色をしている。これを水にさらしたり日の光の下で干したりするうち、白っぽくなっていく。

「てんぐさは少し不思議な海藻やなぁと思っとる。煮溶かして固めたら、透き通ってきらきらするんや。お祝い事には、えびすを作る。お葬式のときは、米粉を入れて固めたすいぜんを、蓮の花の形に盛りつけたなぁ」

えびすも、すいぜんも、それぞれ特別なときに作られる寒天料理だ。子供の頃はそれがあまりわかっていなかった。甘い黒練りごまのかかったすいぜんがおいしくて、お弔いでもないときに、食べたいと母にねだってしまったことがある。

てんぐさを使って作るところてんや水ようかんは、日ノ本のあちこちにあるらしい。作り方にも大して違いはないそうだが、丹十郎はちょっと笑って首をかしげる。

「けど、輪島で食べるところてんや水ようかんがいちばんおいしいわ。どこぞのお殿さま御用達の店のところてんや、上等な白い砂糖をたっぷり使った水ようかんも、もちろんおいしかったんやけど、やっぱり輪島の味が懐かしくなるんやって」

そんなことを言って、夏にはところてん、冬には水ようかんを食べたがるのだ。

弁才船の商いは、能登の海を離れた後も続く。秋口に南方からやって来る颶風を、湊に隠れてやり過ごしながら、「天下の台所」である大坂へ。蝦夷地で仕入れた荷が高値で、しかも大量に売れるのだ。

荷をすべて売りさばき、船食い虫を避けるために船を川へ引き揚げると、船乗りたちの仕事はおしまいだ。一年ぶんの働きに対する手当てを受け取って、徒歩の旅で故郷へ戻る。

多くの船乗りは、物見遊山をしたり湯治場に立ち寄ったりしながら旅路を行く。だが、丹十郎は京のお寺のお参りもそこそこに、雪の積もった街道を、輪島まで飛んで帰ってくる。

「おなっちゃん、ただいま！」

旅の荷をほどきもせず、寒さに鼻を真っ赤にして会いに来る丹十郎に、

「お帰りなさい」

そう答えるときの、ほっと温まる胸。

古い年を越して新しい年神さまをお迎えする頃、丹十郎は輪島で羽を伸ばす。いつでも丹十郎に会える日々が、おなつは嬉しくてならない。幼い頃は寒くて暗い冬が嫌いだったけれど、今では好きだ。

丹十郎の実家、いろは屋は廻船問屋だが、船宿や金貸しなどの商いも手広くおこなっている。北陸における船宿は、読んで字のごとく、弁才船の商人を泊める宿のこと

だ。湊によっては、船宿が旅籠の役割を超え、積荷の売買に関わることもある。

おなつの父は、いろは屋の船宿で番頭を務めており、母もその台所で手伝いをしている。いろは屋の主一家からずいぶんよくしてもらっているのだ。

物心つく頃から、おなつは、優しい丹十郎が大好きだった。丹十郎もまた、おなつのことをかわいがり、守ってくれた。

「大きくなったら、一緒になるんやぞ」

拙い夫婦約束を交わしたのは、いくつのときだっただろうか。おなつは胸がどきどきして、顔がほんのりと熱くなった。子供の淡い想いではあっても、恋、と確かに呼べるものだった。

その想いが途切れず続いていることを、おなつは感じていた。丹十郎は輪島で過ごす間、毎日おなつのもとへやって来る。

「今日はまた一段と寒いわ。雪かき、俺にも手伝わして」

「女房衆は正月支度が忙しそうや。かぶらずしを作っとるがけ?」

「そこに座っとって。おなっちゃんの絵を描きたいさけ」

ほんの些細な、ありふれたやり取り。でも、丹十郎がそばにいるだけで、何もかもが幸せだった。

　十四の頃から弁才船に乗っている丹十郎は、会うたびに精悍になっていく。ほかの屈強な船乗りたちと比べれば細身なほうでも、引き締まった腕の太さや背中の広さに、おなつはどきりとさせられる。

「俺もおなっちゃんに会いたかったわ。本当は、いつだって顔を合わせとりたいんや。船乗りってのは、因果なもんやな」

　普段は元気よく大声でしゃべったり笑ったりする丹十郎の、そっとささやくときの声の甘さは、きっと、この世でおなつしか知らない。垂れがちな目が、ただ優しいだけでなく、切ないような輝きを帯びる。見つめられると、苦しくなる。


　それは、三年前の初夏のことだった。

　いつもより少し遅れて弁才船が輪島に立ち寄ったとき、丹十郎がおなつに告げた。

「今年の商いを終えて輪島に引き揚げてきたら、そろそろちゃんと話を進めたいんや。俺とおなっちゃんの祝言のこと。年明けには、俺、二十やろ？　おなっちゃんは十七。早すぎることないと思うんやけど。どうけ？」

はにかんで笑い、しきりに頭を掻く丹十郎が、何だかかわいらしく見えた。

「うん」

おなつは胸がいっぱいになって、うなずくことしかできなかった。

それっきり丹十郎が輪島に帰ってこられなくなるなんて、夢にも思っていなかった。

むろん、船乗りが必ず湊に戻れるとは限らないのだと、輪島に生まれ育ったおなつはわきまえているつもりだった。覚悟もあるつもりだったのだ。

だが、我が身に降りかかってみて、初めて痛切に理解した。

帰ってこない人の無事を祈る苦しさと、待つことしかできないむなしさ、我が身の無力さを恨めしく思う気持ち。

だからこそ、丹十郎が生きていると知ったときには、矢も楯もたまらず輪島を飛び出した。抱えきれないほどの熱につき動かされ、生まれて初めての長い旅路を歩んだ。

おなつは、とうとう江戸にたどり着いた。それが一年前の三月のことだった。

丹十郎は生きている。けれど、またしても、おなつとは離れ離れだ。

今日、江戸で迎える二度目の初夏の始まりの日に、おなつは丹十郎からの文を何度も読み返しながら、遠い故郷、輪島を思っている。

初夏はどうしたって切ない。輪島にいた頃からの習い性で、丹十郎に会えない寂しさをひとときわ強く感じてしまう。

「会いたいんやけどな……」

遠い北国にいる丹十郎を想う。

輪島の磯の香りを思い出の中から呼び起こしながら、おなつはいつでも丹十郎の無事を祈っている。

二

深川宮川町に、ふるさと横丁と呼ばれる通りがある。

日ノ本のあちこちの郷土料理を出す煮売屋や一膳飯屋が、仲良く軒を連ねている。

その一角が、いつの間にか、ふるさと横丁と呼ばれるようになっていた。

川と堀とが入り組んだ深川は、日常の足として舟が行き交う地だ。寺社が多く、門前町がにぎわっている。舟による荷運びがたやすいので、諸藩大名の蔵屋敷も置かれ、大川の河口を埋め立てた築島には材木置き場が連なっている。

ふるさと横丁のある深川宮川町は、江戸屈指の盛り場である八幡町から目と鼻の先だ。富岡八幡宮の参拝客がふらりと足を向けてくれることもある。ただ、普段のふるさと横丁は、三十三間堂の陰に隠れるようにして、穏やかにたたずんでいる。

おなつが住み込みで働いている輪島屋は、夫婦者の七兵衛とおせんが営む小料理屋だ。間口は二間（約三・六メートル）で、鰻の寝床のように細長い造りになっていて、土間には床几が四つ並び、奥にちょっとした小上がりがある。

朝六つ（午前六時頃）過ぎ、おせんが朝餉を作ってくれている間に、おなつは店の表を掃き清める。

この近所には、花を咲かせる木が多い。ふるさと横丁の西にある三十三間堂や、北に行ったところにある蛭子さまの社、表店の奥にあるちんまりとした庭でも、四季を通して花が見られる。

昨夜は少し風が強かった。雨交じりになった刻限もあったらしい。おかげで、輪島屋の表の道に、霧島躑躅の真っ赤な花びらが落ちている。

明るい日差しの中、さらりと渡っていく初夏の風に、おなつは思わず鼻をひくつかせた。

「ああ、おいしそうなにおいやなぁ」

今時分は、ふるさと横丁に並ぶどの店でも朝餉をこしらえているところだ。お客さんに出す料理の仕込みを始めた店もあるかもしれない。

魚を焼くにおい、米を炊くにおい、出汁を引くにおい、糠床のお世話をするにおい。

おもしろいのは、味噌汁のにおいが店ごとに少しずつ違うことだ。味噌の味や色がお郷によってまったく異なることは、ふるさと横丁で暮らすようになるまで、おなつはちゃんとわかっていなかった。

「前に丹十郎さんが言うとったんは、こういうことやったんやね。ところてんや水ようかんも、味噌や醬油の味も、ところによって違うんやって話しとった」

丹十郎は船主の息子であり、航路を見極めるのが務めの表司の見習いだったが、立場の上では一介の水主だった。ゆえに、船を湊につけるときでも原則として陸に上がることはできなかったが、颶風を避けるときなどは別だ。

「俺にとって、陸に上がっていちばん楽しいのは、その地の料理を食べることなんや。見たことのない青菜があったり、味噌や醬油の味が違っとってね。漬物にせよ菓子にせよ、その土地ごとの癖や味わいがある。おもしろいんやぞ」

丹十郎は、ほんの小さなことにも驚きや楽しみを見出せる人だ。慣れない味つけの料理があったとしても、故郷の味との違いをおもしろいと言って受け入れ、おなつにも語って聞かせてくれた。

おなつは、丹十郎が目を輝かせながら教えてくれる旅先の話に、いつも憧れを抱いていた。その憧れを忘れたくない。

「土地ごとの違いは、おもしろいんやね。あたしもそう思うことにしとる。ほやし、あたしは大丈夫やよ。江戸でもちゃんとやっとる」

輪島屋はその名のとおり、能登の輪島から出てきた七兵衛とおせんがふるさとの味を振る舞う店だ。

ふるさと横丁にはほかに北陸由来の店がないから、越前から出稼ぎに来ている男衆もたまに立ち寄ってくれる。江戸という大きな町にあっては、同じ北陸の出だというだけでも親しみを持ってもらえるようだ。輪島屋の客足は途切れない。

七兵衛は四十五で、おせんは四十七。十九のおなつにとって、ちょうど両親くらいの年頃だ。二人とも親切で、おなつが抱える事情を汲んで、力になると言ってくれている。

　ふと、輪島屋の隣の店の戸が開いた。女があくび交じりで表に出てくる。隣の店は九州庵、女の名はおりょうという。

「おはよう、おりょうさん。また夜更かししたの？」

　おなつが声を掛けると、おりょうは箒を手にしたまま、ぐいと大きく伸びをした。それから、おなつに笑ってみせる。

「衣替えの支度がなかなか終わらなくってね。おはよ、おなっちゃん。今日はちょっと暑くなるかもしれないよ。しかしまあ、明け方に寒さを感じなくなったおかげで、布団から出やすくなったわ。いい季節だね」

　おりょうは二十四で、おなつより五つ年上だ。九州の長崎で生まれ育ったという。色白で瓜実顔の美形だが、たいそうな変わり者で通っている。

　衣替えと言ったとおり、おりょうの今日の単衣は縫ったばかりだろう。身頃の左右で違う生地を使った、片身替わりという奇抜な仕立て方である。しかも、端折った裾からのぞく蹴出しは、更紗模様の派手なものだ。

　おなつは思わず、自分の着物と見比べた。

「あたし、今年の衣替えは手抜きだよ。自分で縫わなかった。夏の着物は、古着屋で買っちゃったから」

　その古着屋に連れていってくれたのも、おりょうだ。江戸にはあちこちに古着屋がある。町の見物がてら買い回るのも楽しいからと、去年のうちから誘(さそ)われていたのだが、夏を前にしてようやく重い腰を上げた次第だ。

「楽しかったでしょ、古着屋めぐり」

「うん。江戸の人たちは渋好(しぶごの)みなんだね。買ったばっかりの着物だけど、気後(きおく)れせずに着られるから、あたしにはちょうどいい」

　おなつは掃除の手を止めて、袖(そで)を広げてみせた。淡い鼠色(ねずみいろ)の麻の生地に、赤みの強い茶色で格子縞(こうしじま)が染められている。

　江戸には「四十八茶百鼠(しじゅうはっちゃひゃくねず)」と呼ばれるほど多種多様な茶色や鼠色があるそうだ。おなつの着物は小町鼠(こまちねず)の地に雀茶(すずめちゃ)の格子縞だと、古着屋の看板娘に教わった。

「小町鼠ねえ。確かにおなつちゃんの顔色にはよく合ってて、肌がきれいに見えるけどさ。もっと明るくてかわいい色だって着こなせると思うよ」

　おりょうは、鼈甲(べっこう)のつるの眼鏡を、くいと持ち上げた。そういうところもまた風変わりだ。

輪島では、そもそも眼鏡というものがちょっと珍しかった。塗師(ぬし)の老人が細かな手仕事をするときにかけていた程度だ。ましてや、まだ二十半(なか)ばの女が眼鏡をかけている姿というのは、おりょうのほかに見たことがない。

「あたしは、おりょうさんみたいに華(はな)やかなのはうまく着られないよ。もとが地味だから、鼠色や茶色が落ち着く」

おなつは目を伏(ふ)せて、せかせかと箒を動かした。

おりょうはすごい人だ。風変わりと言われようとも、まったく気にせず、いつも明るく堂々としている。どうやったらそんなふうでいられるのか、おなつは不思議でたまらない。

あたしはどうしようもなく田舎者(いなかもの)やから、と思う。人の多いところは、いまだに何となく怖い。

ふるさと横丁の始まりは、隣り合わせの輪島屋と九州庵が、ほとんど同じ頃に店を開いたことだった。十年前の文化八年（一八一一）である。その頃、この通りにある小料理屋は、輪島屋と九州庵の二軒だけだった。

江戸には百万の民が暮らしているという。江戸に生まれ育った者だけでなく、働き口を求めて地方から出てきた者も少なくない。

おなつも、江戸で輪島屋を訪れて初めて、能登からはるばるやって来た者が大勢いることを知った。ふるさとと横丁に郷土料理の店が立ち並ぶさまを目の当たりにして、故郷を離れて心細い思いをしているのが自分だけでないのだともわかった。

こういう場所があるから、おなつのような臆病者でも、江戸で何とかかんとかやっていけるのだ。

と、おりょうがじっと見つめてくるのに気がついた。

「おりょうさん、どうかした？」

「どうって、そりゃあね、気になっちゃうから。今日は一日でしょ。丹十郎さんの文、どんなことが書いてあったのかなって」

「何てことない文だよ。元気でやってるか、暑さにやられてまいっていないかって。あとは、絵がちょっこしだけ」

「去年の夏は暑気中りのせいで、おなっちゃん、つらそうだったもんね。丹十郎さんはそれをちゃんと覚えてて、文の中でも心配してくれてるんだ。優しい人なんだね」

おなつはうなずいた。

毎月一日に一通ずつ読むように、と丹十郎はおなつに告げて、八通の文を置いていった。三月に始まって、十月のぶんまでだ。

四月一日の今日、おなつは夜明け前に目が覚めた。文を一通開いてよい日だと思うと、眠気など早々に吹き飛んでしまった。

「丹十郎さんの文はね、本当に何でもない話だけが書かれてるの。朝、こんなふうに顔を合わせて、ちょっとした世間話を交わすみたいに」

おなつは丹十郎のことを想い、きゅっと胸が苦しくなった。

丹十郎は今、蝦夷地にいる。

幕府からの密命が丹十郎に下されたのだ。それに伴って、武家に準ずる者として仮初めの名字帯刀が認められ、松前奉行預かりの身の上となった。

ことの起こりは、三年前の秋だった。丹十郎たちの乗る船が難破した。乗り組んでいた者の大方は、壊れた船ごと秋田藩の能代に流れ着いたが、丹十郎だけ行方知れずになった。

船が突然の時化に見舞われたとき、丹十郎は表司の代わりに苫屋根に上って航路を見極めようとしていた。だが、船は波に揉まれるうち、別の大きな船にぶつかったらしい。そのはずみで、丹十郎は海に投げ出された。

不幸中の幸いは、弁才船に積んでいた伝馬船もまた放り出されたことだった。丹十郎は伝馬船にしがみついて九死に一生を得たが、そのまま流されて、仲間たちと別れ別れになった。

丹十郎が流れ着いた先は蝦夷地だった。松前奉行の支配さえほとんど及ばない地で、丹十郎はアイヌの漁師に救われた。それから一年ほどの間、その地の人々とともに過ごしていたそうだ。

その後、どういう運びで松前奉行のお役人のもとにたどり着いたのか、お役人からどういう扱いを受けたのか、丹十郎はおなつに教えてくれなかった。

ほんの少しだけ打ち明けてくれたのは、蝦夷地に関わるのは命懸けである、ということだ。

「蝦夷地は北方の露国との境にあって、海岸線はともかく内陸はまだ探索が行き届いてないんや。俺は、ただの船乗りが知ってはならんことを知って、見てはならんものを見てきてしまった。口を封じられずに済んどるだけでも、運がいいわ」

丹十郎は、船に乗り始めてわずか三年目に、表司見習いに推された才の持ち主だ。表司の役割は、磁石と陸の目印と潮目を頼りに、船の進むべき道筋を見出すこと。目が利いて物覚えがよく、勘が働き、算術にも優れていなければ務まらない。

蝦夷地でご公儀の機密に触れてしまった丹十郎の命を救ったのは、まさに表司としての才だった。その才を活かして蝦夷地探索をおこなうならば生かしてやってもよい、という条件になったらしいのだ。

大変なお役目である。命懸けの旅になる。見聞きするすべてを誰にも、おなつにも、明かしてはならない。その責の重さだけでも、苦しいに違いない。

だが、丹十郎は約束してくれた。

「あと四年やよ、おなっちゃん。春に江戸を発って、雪と氷のない夏に蝦夷地を旅して、冬には江戸に戻るさけ。その務めを五年やり遂げれば、俺は輪島に帰れる。年季の残りはあと四年。そういう定めを、上役の間宮さまが取り交わしてくださった」

「間宮さま？」

「間宮林蔵さまっていうお人や。俺と同じように、武家の生まれではないんやけれど、才を買われてご公儀のお役に就いておられる。間宮さまが、俺の立場をいちばんわかってくださっとる。ほやし、おなっちゃん、五年の務めを果たすまで、俺を信じて待っとってくれんけ？」

「はい」

おなつはうなずいた。待つことのほかに道はないと思った。

蝦夷地探索の務めを終える頃、おなつは二十二、丹十郎は二十五になっている。必ず二人で輪島に帰り、そして、止まっていた時を動かす。幼い頃の夫婦約束を叶えるのだ。


おなつの事情を、おりょうもむろん知っている。

去年、江戸に来たばかりのおなつが心細さに押し潰されそうになったとき、おりょうは優しい姉のように寄り添ってくれた。江戸の言葉が聞き取れず、自分の話す言葉の訛りが気になって仕方なかったときも、大丈夫、大丈夫と励ましてくれた。

いつまでもめそめそしてなんかいられない。

おなつは、おりょうに微笑んでみせた。

「心配してくれてありがとう。今年の夏は暑さに負けんように、しっかり食べて、きりきり働くよ。あたしは大丈夫」

「そうだね。今年は顔色いいもんね。ちょっとずつ江戸の水にも馴染んできたかな」

おしゃべりを交わしながらも、手はきちんと動き続けている。

掃除を終えたら朝餉をいただいて、店で出す料理の仕込みだ。朝のうちに、日本橋の魚河岸から鰯を届けてもらう約束になっている。鰯のほかにも、形のいい魚があれば、小さいものでかまわないから届けてほしいと伝えてある。

江戸の季節の進み方は、北の海に面した輪島よりもいくらか早い。初夏四月一日。衣替えのこの日を待ちかねていたほどに、近頃は暑い。

今日もまた、昼間は汗ばむ暑さになるだろう。さっぱり食べられる料理が好まれるはずだ。

店の戸が開いて、おせんが顔を出した。背丈はおなつよりも低いが、体の使い方がうまいので、びっくりするほど力持ちだ。くるりと丸い目をしているのもあって、四十七という歳よりもずっと若々しく見える。

おせんは、おりょうに「おはよう」とあいさつしてから、おなつに言った。

「おなっちゃん、掃除は終わった？　そろそろ朝餉やよ」

「ちょうど済んだところです」

おりょうに「またね」と手を振って、おなつは、おせんに続いて輪島屋の戸をくぐった。

途端、海辺のにおいに包まれる。小糠漬けにした鰯や、天日に干した烏賊や鰺、よく乾かした幾種もの海藻、それらのにおいが混じり合っている。輪島の市のにおいともよく似ている。

壁には幾幅かの絵が飾られている。墨の濃淡だけで表されているのは、輪島の景色だ。今年の正月に丹十郎がさらさらと描いてくれたのを、きちんと表具屋に頼んで掛軸にしたのだ。

おなつは、絵に向かってそっと微笑んでみせた。

忙しい一日が始まる。

三

朝五つ半（午前九時頃）になって、木箱いっぱいの魚が届けられた。鰯や鰺、鯛などだが、おなつの手の親指から小指までに収まるような、小振りなものばかりだ。

「でも、活きはいいし、形もいいでしょ！」

元気よく請け合ったのは、馴染みにしている振り売りの長吉だ。年の頃は三十の手前。

長吉は、下総銚子の漁村育ちだという。仕入れた魚を天秤棒で担ぎ、呼び声を張り上げて売り歩くのが常の仕事だが、前もって頼んでおけば、そのぶんをきちんと届けに来てくれる。

七兵衛は木箱の魚をじっくりと吟味した。元船乗りの七兵衛は、背丈はさほどでもないものの、がっちりと骨太で厚みのある体軀の持ち主だ。顔立ちもごつごつとして厳めしい。

だが、にかりと笑うと、いかにも人の好い顔になる。

「確かに型は小さいが、悪くないな。仕入れてもらったぶん、すべて買おう」

「へへっ、まいどあり！　輪島屋さんにゃ、ごまかしが通じねえからなあ。あっしも輪島屋さんに頼まれたときは、いつにも増して気をつけて目利きをしていやすが、それでもね、悪くないと言ってもらえるまでは肝が冷えまさあ」

長吉は大げさに、額の汗を拭ってみせた。肌は日に焼け、声は潮嗄れしている。ひょろりと細いわりによく食べる男だ。朝のうちにさっさと鮮魚を売りさばいて、昼餉は輪島屋に来て一杯ひっかけることも多い。

今日もそのつもりのようで、「また後で」と機嫌よく言って、長吉は駆け去っていった。

七兵衛は、勝手口に置かれた木箱を持ち上げた。右のくるぶしが曲がらないために、踏ん張りが利かない。重いものを持つときは、ひやりとするような体の使い方をする。

「長吉さんがこうして持ってきてくれるのはありがたいんやけど、あの人も評判のいい振り売りやから、うちにかまけてばかりもおられんらしい。俺が手前の足で魚河岸に行って仕入れができりゃいいんやけどな」

七兵衛の右脚は、立ったり歩いたりするぶんには障りがない。ただ、重い木箱を魚河岸から輪島屋まで運ぶのは、大八車を使うにしても難しいだろう。

「あたしだけやなくて、男手があったほうがいいんですよね」

「そうやな。おなっちゃんのほかにもう一人雇うだけの銭もあるんやけど、こればっかりは巡り合わせというやつに頼るしかないわ。輪島屋の飯をうまいと言ってくれて、できれば魚の扱いを知っている、元気な若いやつがほしいんやけどなあ」

七兵衛は木箱を台の上に載せた。ここからは早業だ。近頃は暖かくなってきたぶん、魚が傷むのも早い。お天道さまがてっぺんに上るより早く、魚に手を加えておかなければならない。

おせんが笊を手にやって来た。

「鰯は二人に任せるさけ。あたしは鯵や鯛を捌いておくし。田楽でいいんやろ？」

「おう、任せたからな」

七兵衛が応じると、おせんは木箱から鯵と鯛を選り分け、笊に入れていく。鼻唄で歌い始めたのは、麦屋節だ。素麵づくりのための麦挽きのときに歌う唄で、おなつもつい一緒になって口ずさんでしまう。

おなつと七兵衛は、鰯を片っ端から捌く。手割きで頭とはらわたと骨を外し、竹の平笊に並べていく。平笊いっぱいに並べたところで、まんべんなく塩を振りかける。いったん塩を馴染ませておいて、後から酢で締めるのだ。

おせんは包丁を使って鯵と鯛を捌いていく。尾頭つきのまま腹開きにして、はらわたを除く。それから串を打って姿を整える。

木箱いっぱいの鰯も、手慣れた者が二人がかりで捌くから早い。終わりが見え始めたあたりで、七兵衛がおなつに告げた。

「おなっちゃん、ここはいいから、裏から木の芽を採ってきてくれんけ？　おせんは手が離せんみたいやし」

「はい」

おなつは、桶に汲んでおいた水でざっと手を洗った。

「お願いするわ」

七輪の火おこしを始めたおせんは、ふう、と顔の汗を拭った。

店の裏手には、隣の九州庵とつながった庭がある。こぢんまりとした庭だが、薬味となる山椒や唐辛子、大葉、生姜、柚子を植えるには十分だ。九州庵側の隅のほうには、おりょうが育てている薬草の鉢もある。

春先から初夏にかけてのこの時季は、山椒の若芽が食べられる。それを木の芽と呼ぶ。

小魚の田楽には、木の芽味噌がよく合う。味噌とみりん、叩いた木の芽を和えたのをたっぷりと塗って、味噌が香ばしい匂いを立てるまで七輪であぶるのだ。

おなつは、柔らかい木の芽を探して摘んだ。ぷちぷちと摘んでいくたびに、ぴりりとした香りがただよう。子供の頃は山椒の香りが苦手だった。舌がしびれるような味も、好きではなかった。

けれど、今は好きだ。いつの間においしいと感じられるようになったのだろうか。山椒だけでなく、苦みのある山菜なんかも、大人になるにしたがって食べられるようになった。

摘んだ木の芽を手に、店に戻る。

「ありがとね、おなっちゃん」

おせんが顔を上げて微笑んだ。

麦湯でひと息入れて、汗を拭う。七輪の炭がおこったら、一気に台所が暑くなってしまった。

鰯の下ごしらえの続きだ。塩をしておいた鰯の身から浮いてきた水気を、きれいな手ぬぐいで拭き取る。それから、鰯の身を水で洗って塩気を落とし、浅く張った酢にそっと入れる。

旬にたくさん獲れる魚や貝は、新しいうちにこうして手を加えておくものだ。今日は全部の鰯を酢で締めたが、昨日は糠漬けにしたぶんもあった。糠漬けの鰯のことを、能登では「こんかいわし」と呼んでいる。

おせんは時おり、おなつの手元をのぞき込み、満足げにうなずく。

「おなっちゃんは丁寧で用心深いから、いいねえ」

口癖のようにそう言うのは、おせん自身の失敗を踏まえてのことだ。

江戸に出てきたばかりの頃は、味噌や麹漬けを仕込んでも、うっかり腐らせることがたびたびあったという。能登より江戸のほうがずっと暑いし、冬場は雪が少なくて乾いている。その違いのために、馴染んだやり方が通用しなかったのだ。

「初めはうまくいかんかってんよ。あたし自身、ずいぶん大ざっぱやったしね」

おせんは笑いながら苦労話を聞かせてくれる。何をどう工夫した、と言い表すのは難しいそうだが、ある頃から何となく、こつがつかめてきたという。

輪島屋の味は塩が少し甘いかもしれない、と、おなつは感じることがある。

それはおなつの母の作り方との違いなのか、ところを変えているから作り方にも変化が出ているのか、確かなところはわからない。

江戸は豊かだ、とも感じる。

日本橋の魚河岸や、青物を商うやっちゃば、軒を連ねるさまざまな店を訪ねれば、「何でも」と言ってもおかしくないほどたくさんのものが手に入る。漬物の塩をうんと濃くして日持ちを延ばさなくとも、新しいものを毎日仕入れることができる。

何より、江戸では白いお米が手に入る。輪島では、たいそうなお金持ちだって、三度の食事で白いお米を食べられない。お金を出して買おうにも、そもそもないのだ。弁才船で運んでこなくてはならない。

それがどうだろう。江戸では、裏長屋暮らしの借家人でさえ、白いお米を毎日食べている。ふっくらしてつやつや輝く甘いお米をだ。

おなつはいまだに、お米を研いだり炊いたりするときに、ぴんと背筋が伸びる。一粒たりともこぼしてはならない、と張り詰めてしまう。

輪島屋で炊く白いお米は、お客さんに出すためのものだ。賄いのほうは、稗や粟や押し麦、芋の端っこや大根の尻尾なんかを混ぜたのを炊いて、白いお米の代わりにしている。

白いお米を炊くのは、七兵衛がいちばん上手だ。

「船乗りはな、まず炊から始まるんや。十四、五の小僧の頃に船に乗るようになると、下っ端は先達に教わりながら、揺れる船の上で飯を炊いて魚を焼くがや。あの頃の苦労を思い出せば、揺れもせん台所で飯を炊くなんざ、らくなことやって」

七兵衛は昔、船乗りだった。丹十郎と同じように弁才船に乗っていたのだが、積荷が崩れて下敷きになり、右脚をひどく痛めてしまった。すねの骨が折れて肌から突き出た上に、くるぶしの筋が切れたのだ。

すねのほうは幸い、きちんと骨がくっついた。だが、くるぶしの筋は戻らなかった。踏ん張りが利かないのでは、揺れる船の上で仕事などできない。それでどうしようもなくなって、七兵衛は船を降りた。

しかし、十四の頃から船乗りひと筋で働いてきたというのに、三十を過ぎてその道から放り出されたのだ。船に乗れない七兵衛は、いっときの間、何をするでもなく酒を飲んでは荒れていた。

姉さん女房のおせんは、七兵衛を放ってなどおかなかった。

「さすがにすぐには立ち直れないと思ったから、ふた月か三月は好きに酒を飲ませておいたんやけどね。でも、いつまでもそうしていられもせんやろ。そろそろしっかりしまいけ！　と怒鳴ってやったんや」

それはもう鬼気迫る勢いで、おせんは七兵衛を叱り、励まして、輪島から連れ出した。江戸へ向かう東回りの船に乗ったのだ。

それが十二年ほど前のことだった。江戸に着いたおせんと七兵衛は、初めは口入屋を介して仕事を探した。北陸から出稼ぎに来ている者の多いこと、特に一人で出てきた男が多いことを、その頃に知った。

十年前に輪島屋を開いたのも、同郷の人々に背中を押されてのことだった。慣れない江戸での暮らしの中、ふるさとの味がどれほど心強い支えとなるだろうか。

以来、おせんと七兵衛の作る輪島の郷土料理を求めて、輪島屋には客足が絶えないのだ。

四

昼四つ半（午前十一時頃）になると、表に看板を出し、戸口にのれんをかける。

店を開けてすぐに、今日の商いを終えた長吉が再び姿を見せた。

「昼餉をおくれよ。二人ぶんな」

長吉とともに店に入ってきたのは、白髪交じりの髷を結った男だ。老いの気配を感じさせるが、それでも足腰はしゃんとしている。

あら、と、おなつは声を上げた。

「高左衛門さま！　いらっしゃいませ」

穏やかな風貌の高左衛門が微笑むと、目元に優しい皺がたくさん刻まれる。

「ちょっこしご無沙汰しとったね。達者にしとったけ、おなつ？」

「変わりありません。あたしは元気です。高左衛門さまはお忙しかったんじゃないですか？」

「そうやな。江戸に腰を据えてみたのは初めてやったけど、仕事が途絶えんね。輪島の漆器は、やはり求めてくれる人が多いさけね」

長吉と高左衛門はそれぞれ別の床几に腰掛けた。

高左衛門は輪島塗の塗師屋である。船本屋の屋号の下に十数名の職人を抱えている。齢五十八。この道四十年を超えており、塗師屋の中でも長老格の一人だ。

輪島の漆器は名品と世に聞こえている。また、商いのやり方が手堅いというのでも有名だ。

その手堅さの鍵を握るのが「塗師屋」である。

輪島では、木地師、塗師、呂色師や沈金師や、近頃では蒔絵師も加わって、分業で器を作っている。塗師屋は、職人修業を経て一人前となり、独立して屋号を持ち、行商をも担うようになった者のことだ。

塗師屋は客先に出向いて注文を取ってくる。そして輪島で注文の品を作る。自前で抱えた職人衆を動かし、あるいはよその工房の職人に仕事を頼むこともある。いずれにしても、お客さんの望みどおりの品に仕上げるべく、塗師屋が采配を振るのだ。出来上がった品は、塗師屋がみずから客先に届ける。

輪島塗の器は、堅牢な造りで長く使える。輪島屋でも、ハレの日のお膳として、輪島塗の一式を揃えてある。弁柄色で、どっしりとした形の器だ。おなつの実家にも、いろは屋にも、同じようなお膳が揃っていた。

「うちでも日頃から輪島塗の器を使えたらいいんやけど、お客さんからびっくりされてしもうたら駄目やしねえ」

おせんが苦笑すると、高左衛門は思案げに顎を撫でた。

「気取った値打ち物だと感じる人もおる、ということけ？」

「ええ。輪島塗は有名ですけど、やっぱりこっちじゃ珍しい品やしねえ」

「そうやろうねえ。日頃からさりげなく使えるような姿かたちの器……あるいは箸がよいやろか。次のときに、何か試しに持ってきてみまいかいね」

塗師屋は秋になると、仕上がった品を背負って客先へ届けに行く。その旅のことを、輪島では「場所に行く」という。客先へ品を届けると、次の年のぶんの注文を取って、年越しの直前に輪島に戻る。

高左衛門は長年、江戸の得意先との商いを続けている。注文の荷を担いで、陸路でこれほど遠くの「場所に行く」のだから、並外れた健脚の持ち主だ。おなつにとっては、近所に住む優しいおじさんであり、仲良しの幼馴染みの父でもある。

一昨年の師走の初めに、丹十郎が生きていることをおなつに知らせたのが、高左衛門だった。江戸で丹十郎の消息を知り、例年よりも急いで取って返してきて、おなつに伝えたのだ。

去年の春におなつを江戸に連れてきてくれたのも、高左衛門だった。おなつひとりだったら、とてもではないが、江戸までたどり着けなかっただろう。陸路での旅に慣れた高左衛門がいてくれたのは、何とも心強いことだった。

長吉がふんふんと鼻をひくつかせている。

「香ばしい味噌のにおいだ。さっきの魚を田楽にしたのかい？」

そうだよ、と、おせんが応じる。

「長吉さんが仕入れてきてくれた小鯛は、なかなかいい姿をしていたからね。尾頭つきで、ちょっとしたごちそうみたいだよ」

おなつはおせんとともに、おしゃべりを切り上げて台所に戻った。

たくあんは昨夜のうちに小口切りにして、水にさらして塩抜きしておいた。これを醤油と唐辛子(なんば)で、さっと煮物にする。たくあんのふるさと煮という料理だ。高左衛門のお気に入りの一品である。

七兵衛は、酢締めにするには小さかった鰯を叩いてすり身にしている。仕込みが済んだら、店のほうに出て長吉と一杯飲むのだろう。

おなつは、昨日のうちから仕込んでおいたすしの塩梅(あんばい)を確かめた。

「うん、ちゃんとできとる」

すしというと、江戸では握りずしが有名だ。酢飯を握り、味つけした魚の切り身を載せたものが、屋台で振る舞われている。おなつはそういう食べ方を知らなかったから、初めてすしの屋台を見たときは驚いた。

輪島や、母の故郷である金沢では、すしは手間暇のかかる料理だ。馴れずしは、米の麴と魚を漬け込んで馴染ませるもので、出来上がるまでに半月ほどかかる。早ずしと呼ばれるものでさえ、酢飯と魚や昆布を枠にはめて重石をして、少なくともひと晩は寝かせる。

おなつが昨日仕込んだのは、鰯の卯の花ずしだ。酢飯の代わりに、甘酢で味つけした卯の花、つまり、おからを使う。酢締めした鰯に卯の花を詰めて、ひと晩きっちりと押しておくのだ。

崩れやすい卯の花ずしを、そっとまな板の上に載せ、丁寧に切る。鰯のぴかぴかした背に、ふんわり優しい色の卯の花。見た目にもきれいで、何とはなしに爽やかな料理だ。

ご飯を茶碗によそい、こんかいわしを一切れ添える。味噌汁には、水で戻したつるもを加え、あさつきを刻んで散らす。たくあんのふるさと煮を小鉢に盛り、皿に小鯛の木の芽田楽と鰯の卯の花ずしを盛りつける。

「おまちどおさまです」

おなつは、昼餉の盆を長吉と高左衛門のもとに運んだ。

「ありがとさんよ、おなっちゃん」

上機嫌の長吉は、こんかいわしにわざわざ鼻を近づけ、くんくんとにおいを嗅いだ。

「いいにおいではないでしょう？」

おなつは苦笑してしまう。

糠漬けにした鰯は、すっかり慣れているおなつでさえ、独特のくさみがあると感じる。ましてや、海のにおいに慣れていない者には、ちょっと評判が悪い。ふるさと横丁の中でも、「輪島屋は風変わりなにおいがする」と言われることがある。

しかし、長吉は顔をくしゃりとさせて笑った。

「鰯を煮たり干したりしたときのにおいなんてさ、がきの頃は嫌いだったんだ。でも、輪島屋でこんかいわしを食ったとき、あんまり懐かしい味わいなんで、涙が出た。俺、このにおいが好きなんだよ。くせえが、癖にならあな」

「懐かしいって、何ででしょうね。こんかいわしは輪島屋で初めて食べたんでしょう？」

「ああ。俺のおふくろが作ってたってわけでもねえんだ。なのに、このにおいを嗅いだことがある気がした。輪島屋の料理を食うと、銚子のことを思い出す。同じ海辺の田舎なんだ。下総も能登も、どっか似通ってんだろうな」

長吉は深川大和町（やまとちょう）の裏長屋に住んでいるらしい。ふるさと横丁の近くだ。ゆえに、ふらりといろんな店に入るらしいが、最も頻繁に通っているのが輪島屋だという。海辺のにおいがするのが懐かしいらしい。

一人でにぎやかな長吉とは裏腹に、高左衛門は静かに箸を進めていた。おなつが番茶を振る舞うと、ありがとうと言って、いったん箸を置いた。

「おなつ、決心は変わらんけ？」

問われたおなつは、盆を胸に抱え、きっぱりと答えた。

「変わりません。あたしは、このまま江戸に残ります」

「ほうか」

「高左衛門さま、気遣ってもろて、本当にありがとうございます。でも、あたしのせいで、高左衛門さまの暮らしをすっかり変えてしもうて。ありがたい一方で、本当に申し訳のないことで……」

輪島の塗師屋には、季節ごとに決まった仕事がある。春と夏は輪島で器づくりに精を出し、仕上がった品を背負って、秋から冬にかけて得意先へと旅をするのだ。

高左衛門は去年、おなつのために仕事の筋道を変えた。丹十郎の消息を知ったおなつが、いても立ってもいられなくなったのを見かねて、旅の同行を買って出てくれた。師走の初めに高左衛門によって丹十郎の消息がもたらされ、街道の雪解けを待って、春三月に輪島から江戸まで歩いた。

おなつは、一人でも江戸へ出るつもりだった。本当はもっと早く旅立ちたかった。だが、意気込みだけでどうにかできるものでもない。

旅の道中、高左衛門は世間知らずなおなつのことを何から何まで助けてくれた。宿場では父娘のふりをして守り通してくれた。おなつが謝ったりかしこまったりするたび、静かに微笑んで手を貸してくれたのだ。

そして今もまた、高左衛門はあのときと同じように微笑んでくれている。

「おなつ、そんな顔せんでもいいんやぞ。申し訳ないなどと思わんでいいさけな」

「ほんでも、高左衛門さま」

「昔のように、船本屋のおじちゃんと呼んでくれていいんやからな。儂（わし）にとっては、おなつも丹十郎も、輪島の若者は皆、親戚の子のようなもんや。我が子ほど遠慮なく叱り飛ばしたりせんけど、大切な身内なんや。何かあれば、必ず守ってやるさけな」

「はい……」

「それに、ここ数年は足腰が痛むことが増えとってな。江戸までの長旅を毎年こなすのは、ちょっこし苦しくなってきたところやったんや。潮時っちゅうやつやな。もともとこのあたりで、場所に行く仕事を息子に引き継ぐつもりやったもんで、いいんや」

十数人の職人を抱える船本屋は、輪島では大店である。高左衛門の代に店がだんだん大きくなった。高左衛門の息子たちは独立せず、職人として、また番頭としても父の仕事を支えてきた。

こたび輪島を離れて江戸に向かうにあたって、高左衛門は息子たちと、船本屋の今後について話し合ったそうだ。職人たちを差配する仕事も、場所に行く仕事も、きっちりと跡継ぎを定め、引き継ぎをおこなってきた。

それでも、おなつは心配になってしまうのだ。

「一年もの間、高左衛門さまが江戸におられた。やっぱり、輪島のほうでは、船本屋の職人さんたちが大変な思いをしとられたんやないでしょうか？」

「ほうかもな。やけど、こっちはこっちで忙しかったんやぞ。いくら輪島塗の器が頑丈だといっても、年を経れば、割れたり欠けたりするものも出てくる。その修繕を頼まれてな。中にはよそで塗られた器もあったんやけど、まとめて直してやったわ」

忙しかったと言いながら、高左衛門はほくほくとした顔だ。塗り物の修繕の仕事にやり甲斐を見出していたのだろう。

腕のいい職人であり、誠実な商人でもある輪島の塗師屋は、荷を背負って訪れる先で「輪島さま」と呼ばれて歓迎される。人当たりが穏やかで仕事の丁寧な高左衛門こそ、その鑑だ。

高左衛門は、きっぱりとおなつに告げた。

「儂は明日の朝、江戸を発つ」

「はい」

「次に江戸に出てくるのは、秋か冬の初めになるやろ。荷を若い者に背負わせて、儂のほうは、半分は物見遊山やな。江戸の見納めをするつもりなんや」

「見納めやなんて。寂しいこと言わんといてください」

高左衛門は、たくあんのふるさと煮の小鉢を手に取った。大根を口に含み、うまいな、と静かにつぶやく。

たくあん煮は、輪島から船で運ばれてきた醬油で味を調えている。江戸の醬油で同じようにしても、何だかしっくりこない。輪島の醬油はさらりとして、ほんの少し甘い。その甘みが煮物の味を優しくするのだ。

「儂は旅に向いとると昔から言われとってな。どこの宿場で何を食っても、口に合わんことがないし、腹を下すこともない。江戸の料理も食べ慣れた。ほやけど、輪島屋の味はやはり、ほっとするもんやな」

鰯の卯の花ずしをいとおしそうに見つめ、それから口に入れる。

卯の花は、ぽろぽろこぼれるようでは食べづらい。甘酢でべちゃべちゃになってもいけない。ちょうどいい頃合いを見極めるのが肝心だ。

上手にできた、と、こたびは思った。きれいに形がまとまった。切り口も鮮やかだ。そっと皿に盛ったときも、高左衛門が箸でつまんだときも崩れなかった。

おなつは家でも料理をしていたが、所詮は母の手伝いだった。それが江戸へ出てきて、おせんの手伝いに始まり、だんだん一人で任されるようにもなってきた。

作った料理を目の前で食べてもらえることは、とても嬉しい。と同時に、落ち着かない気分にもなる。本当にきちんとできているだろうか、口に合うだろうかと、どきどきしてしまう。

高左衛門は、固唾を呑んで見つめているおなつに問うた。

「卯の花ずしは、おなつが作ったんけ？」

「はい。初めから終わりまで、あたしひとりで作らせてもらったがです」

「しっかりした、いい味やわ。さっぱりとしとってうまいわ」

「あ、ありがとうございます。お気に召してよかったわ」

おなつがほっと肩の力を抜くと、高左衛門だけでなく、おせんや長吉まで笑った。よほど張り詰めた顔をしてしまっていたらしい。

高左衛門は卯の花ずしを平らげ、熱い番茶を一口飲むと、言葉を選ぶようなゆっくりとした調子で言った。

「正直なところ、おなつを置いていくのはやはり気がかりながや。丹十郎が務めを終えるまで、まだ先は長いやろ。そんでも、住み慣れた輪島ではなく、江戸で待つんやね？」

おなつは、気後れしそうな自分を励まして、高左衛門の目をまっすぐに見た。

「あたしは、江戸で待ちます。丹十郎さんは毎年、冬には蝦夷地から江戸に戻ってくるんです。江戸にいたら、冬のたびに会えます。丹十郎さんが務めを終えるまで、あたしはここで待ちます。輪島に戻るときは、丹十郎さんと一緒やないと」

丹十郎を信じて江戸で待つ。それ以外の道などない。

何度も何度も同じ決心を繰り返してしまうのは、何度も何度も不安になって揺らいでいるからだ。

世間知らずで引っ込み思案で、ちょっと料理ができることのほかに、取り柄など何ひとつ持っていない。そんな自分が、この大きな江戸で、寂しさに耐えながら暮らしていけるのか。

迷って悩んで、けれども、そのたびに丹十郎のことを思い描いては、自分を奮い立たせている。

だって、あたしは、この大きな江戸にひとりぼっちってわけじゃないんやし。

高左衛門は、おなつのまなざしを受け止めて、深くうなずいた。

「わかった。ほやけど、無理はせんといてな。能登のおなごは働きすぎるきらいがあるからな。ちょっと気を休めたり手を抜いたりするくらいで、ちょうどいいんやぞ」

　長吉がお猪口を片手に、くちばしを挟んできた。

「能登のとと楽ってぇやつでしょ？　能登のかかさんたちがあんまり働き者だから、ととさんたちは楽なもんだっていう意味だ。確かにねえ、おなっちゃんもおせんさんも、本当によく働きますさあね」

　いつから言われるようになったものやら、確かにたびたび耳にする言葉だ。能登の男が怠けているとは、おなつは思わないが、女たちが働き者なのは事実だろう。

　おなつの母が言うには、冬場の女の仕事とされる海藻採りがひときわ印象深いせいではないか、とのことだ。冷たい波に足下を洗われながら、磯の岩に生える海苔をむしり、荒波に打ち上げられた海藻を拾う。それが女の仕事なのだ。

　おなつの母は金沢の足軽の娘で、輪島に移ったのは父と所帯を持ってからだ。能登のとと楽の一方で、金沢には、かか楽という言葉があるらしい。せっせと商いに励む勤勉な男、女を養う甲斐性のある男が多いというのだ。

　仕込みを終わらせたらしい七兵衛が、台所から姿を現した。

「能登のとと楽ってのは、まったくもってそのとおりやと、俺は思うわ。しっかり者で手厳しい女房の尻に敷かれてるおかげで、俺はこうして食っていられるわけやからな」

「尻に敷いたりしとらんわ。人聞きの悪いことを言わんといて」

「なぁん、俺が女房の尻の下におりたいだけや。頼りにしとるんやからな、おせん」

おせんが顔をしかめ、七兵衛の背中をはたく。本当には怒ってなどいない。ただの照れ隠しだ。

子のできない夫婦で、まわりからは心無い言葉を掛けられたこともあったらしい。

それでも七兵衛はおせんを離さず、おせんも七兵衛を支え続けてきたのだ。

独り者の長吉が、わざとらしく首筋を煽いでみせた。

「四月が来たと思ったら、もうこんなに暑い。連れ添って二十五年になるんですっけ？　いやぁ、今日もまた輪島屋は熱い熱い」

「ちょいと、長吉さん。おふざけもいい加減にしてま。まったくもう」

おせんはぷいと台所に引っ込んでしまった。冷やかされると弱いのだ。明るくさばさばと振る舞う様子はすっかり江戸に馴染んでいるように見えるが、実はそうでもない。

おなつは、おせんのそんなかわいらしいところも好きだ。飾り気のない正直な人柄で、そばにいると、肩の力が抜ける。

高左衛門は、丹十郎の絵に目を留めた。初夏の輪島の磯の情景を描いた絵だ。船に乗って海の上から磯のほうを見ている構図である。

「おや、この絵は初めて見たわ」

「季節に合わせて掛け替えとるんです。この絵は、昨日の店じまいの後に出したんです。今日は四月一日だから、初夏らしい絵がそろそろ似合うやろと思って」

磯に出て海藻を採る女たちの絵だ。今の季節は、くろもやもずくがおいしい。絵の真ん中で、姉さんかぶりをした娘が一人、こちらを向いている。顔まで描き込まれているわけではない。だが、立ち姿を見ただけで、たいていの者が言う。

「この娘は、おなつやな」

「そうでしょうか？」

自分ではわからない。丹十郎がどうやってこんな情景を描いたのか、それもわからない。弁才船に乗っていた頃から、丹十郎は、この季節には輪島にいなかった。

磯の後ろに広がる景色は、間違いようもなく輪島の町だ。向かって左が河合町（かわいまち）（河井町）。川に架かる丸木橋は伊呂波（いろは）橋。川を挟んで右が鳳至（ふげし）町で、おなつの家や丹十郎の実家のいろは屋も描かれている。

絵の中では途切れているが、鳳至町の右には、西国から渡ってきた漁師たちの住む海士町（あままち）と、船宿が軒を連ねる輪島崎村（わじまざきむら）がある。

山を背にし、海に沿って細長く延びた町だ。田んぼを開くには狭すぎる。山と川の間に少しばかりの田んぼが広がり、あとの田んぼは山あいにある。

あの場所から、こんなに大きな江戸へ、あたしは出てきたんや。

丹十郎の絵と向き合うと、不意に不思議な気持ちになることがある。寂しいとか懐かしいとか、そういう気持ちとは少し違う。自分がここにいることが、ただ不思議なのだ。

「おなつ」

高左衛門に呼ばれ、我に返る。

「はい」

「しっかりやるまし」

何を、とは言わない。その響きの温かさに、とんと背中を押されたように思う。

「はい」

おなつはうなずいた。

次に高左衛門と顔を合わせるとき、情けない姿であってはいけない。前を向いて歩んでいると胸を張れるよう、一日一日、おなつは江戸で生きていくのだ。

第二話　えびすと金時草

一

輪島屋の神棚は、台所からもお客さんからも見えるところに据えられている。そこには三柱の神を祀っているだけではなく、丹十郎が描いた船絵馬も飾ってある。

船絵馬は、弁才船の道行きの無事を願って奉納するものだ。選び抜いた木材に、自分の乗る船の絵を描き、美しく彩色する。帆をいっぱいに膨らませて荒波を越えていく姿は勇壮で、ぱっと目を惹きつける。

おなつが暮らしていた鳳至町の住吉宮にも、立派な船絵馬が何百と奉納されていた。輪島の弁才船の安全を祈願するものだけでなく、遠い湊からやって来た船のものも連なっていた。大坂の有名な絵師が手掛けた船絵馬は、実に見応えがあった。

船乗りは信心深い。丹十郎もそうだった。一緒にお参りに行くと、おなつがお祈りを終えても、丹十郎はいつまでも手を合わせ続けていたものだ。その熱心な横顔に、おなつは何となく見入っていた。

ようやく顔を上げ、おなつのまなざしに気づくと、丹十郎はばつが悪そうに苦笑するのだ。

「大の男がこうも一所懸命にお宮に祈るなんて、はたから見たら滑稽かもしれんな」

「そんなことないけども」

だって、あたしも丹十郎さんが早よ帰ってきますようにって、いつも祈っとるんやもん。正直にそう言うのは気恥ずかしくて、おなつは口をつぐんだ。

丹十郎は目を伏せて言った。

「弁才船はね、板子一枚の下は地獄なんや」

「地獄？　そんなに恐ろしいんけ？」

「そりゃね、荷を積めるだけ積んどるし。いや、そもそも船の形がよくないんやって。松前の湊を出るときに税を納めるんやけど、船の長さによってその額が変わる。そやから、長さを縮めて幅を広げた形に造るのが得なんよ」

丹十郎は宙に絵を描くように人差し指を動かした。確かに、弁才船は漁船に比べてずんぐりとしている。荷をたくさん積むための工夫かと思っていたが、お役所の定めの穴を突くための知恵だったのだ。

「ほやけど、重たい上にずんぐりした形の船は、横波を食らうと弱い。もう駄目かもしれんと思ったことは、今までに幾度もあるんやぞ。次も大丈夫だと言い切ることはできん」

おなつがその話を聞かされてぞっとしたのは、三年前の初夏だった。丹十郎が行方知れずになる、まさに直前である。丹十郎には虫の知らせのようなものがあったのかもしれない。

丹十郎が仲間とはぐれて流されて、それでも命を拾ったのは、丹十郎自身が一所懸命に祈り続けていたからだろうか。

なかなか丹十郎の消息がつかめなかった間、おなつは、船乗りに比べて信心の足りなかった自分を責めた。熱心に祈らなかった罰だと思った。住吉宮に毎日お参りして丹十郎の無事を祈り続けた。

輪島屋の神棚の船絵馬は、鳳至町の住吉宮に奉納されていたものに比べれば、うんと小さい。それでも、弁才船の姿は細かなところまで丁寧に描き込まれ、彩りも鮮やかだ。

船の名を示す幟（のぼり）には「輪島屋丸」と書かれている。手に取って見れば、輪島屋丸の船首におせん、苫屋根の上に七兵衛、甲板におなつの姿があるのがわかるだろう。

「あら、上手や。豆粒みたいに小さい人影なんに、一人ひとり、ちゃんと見分けられるなんてねえ」

船絵馬を受け取ったとき、おせんは目を丸くして、食い入るように見つめていた。

丹十郎は得意げだった。いつだって子供のように目を輝かせて、何かおもしろいことはないか、誰かを驚かせることはできないか、と探しているのだ。

きっと今頃、蝦夷地でも、物珍しいものを見つけては喜び、新しい何かと出会っては笑い声を上げて、旅の苦しささえ吹き飛ばしていることだろう。

「大丈夫。丹十郎さんは、きっと大丈夫や」

そう信じている。

船絵馬の中の、荒波を越えていく輪島屋丸には、丹十郎の姿もある。おなつと目を見交わして、大きく口を開けて笑っている姿だ。

からりと爽やかな初夏四月が過ぎ、雨降りばかりの五月が過ぎた。

丹十郎が残していった文を、おなつは約束どおり、毎月一日に一通だけ開けて読んでいる。書かれていることは相変わらずだ。世間話のように、何でもない話ばかり。隅のほうには、小さな絵が添えてある。

月に一通の文を読み返して、嬉しくなるときもある。ちょっと癖のある字をたどると、丹十郎の声が聞こえる気がする。まるで丹十郎が隣にいるかのように感じられて、嬉しくなる。

けれど、憎たらしくなるときもある。月に一度という約束だから、おなつは特別な気持ちで文を読むというのに、丹十郎のほうはまったくもっていつものとおりなのだ。

嬉しい。憎たらしい。会いたい。会えない。

ほんの短い文にも、輪島屋のあちこちに飾られた絵にも、おなつの心は振り回される。こんなにも丹十郎のことを好いているのだと、今さらながら気がついた。

もしも何事もなく輪島で祝言を挙げ、所帯を持っていたら、この想いに気づくことができただろうか。離れ離れになって苦しいから、この胸の痛みのぶんだけ、相手のことがより愛(いと)しくなるのではないか。

恋というのは、どうしたって、ままならない。

二

水で戻しておいた寒天をぎゅっと絞(しぼ)り、細かくちぎって、水を張った鍋に入れ、火にかける。ふつふつと煮立ってきたら、噴(ふ)きこぼさないよう目を配り、へらで掻き混ぜる。

寒天が溶けていく。湯が、とろりとしてくる。

湯気のせいで、台所がひときわ暑くなる。

顔に汗が浮かぶ。おなつは、首に引っかけた手ぬぐいで汗を拭った。

「やっぱり、江戸の夏は暑いわ」

むろん、輪島にいた頃だって、夏のお天道さまは意地悪なくらいに暑かった。それでも、輪島にはいつも風が吹いていた。昼には沖から訪れる風が、夜には山から降りてくる風が暑気を払ってくれるので、いくらか涼しかった。

江戸の夏の暑さは、輪島とは質が違う。江戸に出てきたばかりだった去年は、気づいたときにはもう暑気に中てられていた、蒸し暑い夏至を過ぎて秋のお彼岸が訪れるまで、ふた月あまりの間、ぐったりしていたものだ。

なす術もなかった去年と比べたら、今年はずっといい。暑さをどうにかやり過ごして、それなりにちゃんと体の具合を保っている。

汗をかいたら、湯冷ましを飲んで梅干しを食べる。甘酒売りがやって来るのをつかまえて、おやつ代わりに熱い甘酒をいただくのもいい。

甘酒が夏場の体によいというのは去年、隣の九州庵のおりょうが教えてくれた。

おりょうは「薬膳帳」と呼ぶ自作の分厚い本を持っていて、体の具合がこういうときにはこの料理、というのを見抜くのが得意なのだ。

「熱い甘酒は、江戸の夏の風物詩なんだよ。これは理にかなってるんだ。甘酒は、ただ甘くておいしいだけじゃあないの。米からつくられる上に、おかゆよりもこなれてるから、暑気中りで疲れた脾にはもってこいなんだよ」

脾とは、五臓六腑のうち、食べたものをこなす働きがある胃の腑や大小の腸のことを指す。

いつだったか、おなつが魚を捌いているところにおりょうがやって来て、人の体の中にも同じような臓腑が入っているのだ、というのを丁寧に教えてくれた。

「おりょうさんは、まるでお医者さまみたいやね」

「門前の小僧習わぬ経を読むってやつよ」

「お父さんがお医者さまだったんでしょう？」

「父だけじゃなく、あたしが生まれ育った長崎の家には、九州じゅうから学びに来た若い医者が集ってた。だから医学も、九州のあちこちの郷土料理も、その家で暮らしてるうちに何となく覚えちゃったんだ」

おりょうの薬膳帳には難しい漢字がたくさん連ねられている。「何となく」だけではなく、きちんと学び直しているのも、おなつは知っている。

今年も暑さが増してくると、おりょうは口を酸っぱくして「無茶をするな」と言ってくる。

「おなっちゃん、具合が悪いときは無茶せず、すぐあたしに教えてね。去年みたいにぶっ倒れてもらっちゃ困る。それに、今年は厄介な風邪が巷で流行ってて、なかなか治まらないでしょ」

「ダンホウ風邪よね。とてもうつりやすくて、高い熱が出てしまうんだって」

流行り病は海の向こうからやって来る。こたびの流行り風邪も、異国との商いをおこなっている長崎や馬関で、最初に広がった。そして街道伝いにじわじわと日ノ本全土へ広がった。

江戸には去年の末頃に、流行の先ぶれを告げる波が来た。本当にひどいことになったのは、年が明けて二月頃からだった。

ダンホウさん、と歌う小唄が巷で流行っていた。誰もが口ずさむ流行りの小唄のように、誰もがかかってしまう流行り風邪だ。だから、こたびの風邪はいつの間にか、ダンホウ風邪と呼ばれるようになっている。

おりょうはダンホウ風邪の話題となると、眼鏡の奥の目をぎゅっと細める。

「ダンホウ風邪は、本当に嫌な感じの病だよ。老いも若きも皆かかっちまう。夏場はちょいとましになっても、寒くなったらまた大波が来ちゃうんじゃないかな。それに備えて、日頃から体の調子を整えておくのが大事だわ」

おりょうは九州庵の料理人にして看板娘であり、医者顔負けの薬膳家でもある。下手な医者にかかるよりも九州庵のおりょうの診立てが信用できるというので、病人や怪我人が九州庵に担ぎ込まれることも少なくない。

おなつも、おりょうの話を聞くうちに感化されつつあった。おりょうが口癖のように言うことが強く胸に残っている。

「人の体は、食べたものでつくられる」

当たり前のことだ。でも、きちんと向き合って考えてみたら、とても重たくて大切なことでもある。

「あたしの作る料理が、お客さんの体をつくる」

もともと料理をするのは好きだった。物心ついた頃から、母の料理の手伝いをしたくてたまらず、うまくいかなくて泣いた思い出も一つや二つではない。

江戸に出てきて、深川宮川町の輪島屋に住み込んで働くことになったとき、料理のいろはを身につけてきたのはこのためだったのだ、と感じた。人生の巡り合わせというものは、確かにある。

お客さんのための料理を、お金を受け取って作るようになって、一年と三月ほどになる。母の料理とは違う、おせんや七兵衛の味つけにもすっかり馴染んできたところだ。

えびす、と呼ばれる料理は、家ごとに異なる味がある。

味を調えた出汁に溶き卵を流し入れ、寒天で固めたのが、えびすだ。お正月やお祭りのときには欠かせない料理である。

六月十五日。

輪島屋では、江戸のお祭りの日に合わせて、えびすを作る。二年に一度の山王権現(さんのうごんげん)のお祭りは、今年はおこなわれない年にあたるが、去年食べたお客さんからの注文で、今年も作ることになった。

おなつは鍋の中の寒天をへらですくってみた。とろり、と、なめらかに鍋に落ちる。

「おせんさん、寒天が溶けとります」

「ありがとう。ほんなら、代わるわ」

ここから先は、おせんの仕事だ。能登においては、姑(しゅうとめ)から嫁へと作り方を受け継ぐ料理の一つがえびすだ。一家を内側から支える女ならではの大切な仕事、というわけである。

おせんがえびす作りをおなつに譲(ゆず)らないのは、そのあたりのことを気に掛けているためだろう。おなつは、いずれ丹十郎と一緒に輪島へ戻る身だ。それなのに輪島屋直伝の味を受け継いでしまったら、故郷へ帰るに帰れなくなる。

おせんの作るえびすは、出汁の醤油の味が少し濃い。塩を入れずに、砂糖の甘みをしっかりときかせる。

出汁を寒天と一緒に煮立てて、火から下ろす。とろみのついた出汁を箸でそっと掻き回し、頃合いを計ると、おせんは溶き卵を流し入れる。

その手際に、おなつは見惚れてしまう。

溶き卵を糸のように細く長く、一筆書きで渦を描いて内側から外側へ、また内側へ。熱い出汁の中に落ちると、溶き卵はふわりと広がりかけて、そこで固まる。

卵はごちそうだ。それに砂糖も高い。しかし、おせんはどちらもたっぷり使う。えびすがお祭りやお祝いの日の特別な料理だからだ。

「きれい。おいしそうやわ。寒天寄せはひんやりするから、今日みたいに暑い日にはぴったりやと思います」

「えびすは誰にでも好かれるんやよね。うちの料理の中でも、いちばん人気があるんやないかねえ。こんかいわしみたいに、江戸の人からびっくりされるにおいもないしね」

粗熱が取れてから、四角い木枠に流し入れる。しばらく置いて、しっかりと固まったら、木枠を外し、食べやすい大きさに切り分ける。鼈甲色の出汁の中に、淡い黄金色の卵が閉じ込められているのが、いかにも涼やかで美しい。

端っこの、形が崩れたかけらを、おなつは味見にもらった。まだいくらか軟らかい。つるりとした舌ざわりが心地よい。

「おいしいです。輪島では今頃、お祭りの支度が進んどるのでしょうね」

「ああ、そうやねえ。いつかまた見られるんかねえ。おなっちゃんも、あと数年はこっちやよね」

おせんとそんな話を交わせば、ふと寂しくなる。

江戸のお祭りの話を聞いたり、こうしてえびすを作ったりすると、輪島の祭りの明かりを思い出してしまう。キリコと大松明が海に映り込み、宵っ張りの半月の下で明々と輝いていた、あの情景。

でも、まだ帰れない。

どんなに輪島が恋しくとも、おなつひとりでは帰れない。

三

「やってるかい？」

のれんをくぐって入ってきたのは、鳶の比呂助だ。今日えびすを食べに来る、と去年のうちから約束していた客である。

「い、いらっしゃいませ」

戸口のそばの床几を拭いていたおなつは、比呂助を見上げ、慌ててあいさつをした。

比呂助が、にっと笑う。削ぎ落としたように鋭い印象の美形だが、笑うとえくぼができ、八重歯がのぞいて、やんちゃ坊主のような顔つきになる。

「こんにちは、おなっちゃん。今年は暑さにやられちゃいねえかい？」

「だ、大丈夫です。皆さんそうやって心配してくださるんですね。どうぞ中へ」

比呂助は、齢三十ほどの独り者だ。ふるさと横丁に頻繁に顔を見せるお客さんの中で、いちばんの男前と評判が高い。顔もよければ気風もよく、ついでに金払いもなかなかよい。

そもそも、鳶なのだ。粋な江戸者の中でも極めつきに粋な男衆といわれているのが、鳶である。その一員として身を立てている比呂助だ。格好が悪いはずもない。日頃は大工の棟梁の下で普請の仕事に勤しんでいる鳶だが、火事を知らせる半鐘が鳴れば、町火消として現場に駆けつける。

何しろ江戸は火事が多い。びっしりと建物が立ち並んでいるがゆえだ。火事場に駆けつけた鳶は、周囲の建物を手際よく壊して延焼を食い止める。日頃から高所で仕事をしているから、屋根から屋根へ飛び移るのもお手の物。火事から逃げる人々で道がふさがっていようとも、八面六臂の活躍を見せるのだ。

比呂助は、細長い土間の中ほどにある床几に腰掛けた。薄手の半纏の袖から、爛漫に咲いた花の彫物がちらりとのぞいている。背中いっぱいに花が咲き乱れているらしい。七兵衛が湯屋で一緒になったときにそれを見たそうで、見事な彫物だったと感心していた。

と、比呂助が小さな包みをおなつに差し出した。

「おなっちゃん、これ、あげるよ」

「えっ？　何ですか？」

「錦絵だ。俺ぁ今、麴町のほうで普請をしてるんで、六月十五日が近づいてきて、ふと思い出したのさ。それで、この錦絵を山王権現の門前で買ってきた」

受け取ってみると、手のひら大の錦絵は、幾枚もがひと束になっている。

「あ、この絵はお祭りの……」

比呂助は照れ隠しをするように頰を搔いた。

「うん、祭りの絵だ。大したことねえ土産物だよ。去年、おなっちゃんが山王祭に興味を持ってるみたいだったのを、一年越しで思い出したんでね」

「ありがとうございます。江戸のお祭りは、輪島とはまったく違うみたいだから、気になったんです。だけど、去年の今頃は、あたし、具合が悪くて」

「ああ、無理はさせられねえと思った。山王祭の氏子町は江戸じゅうにあるんで、このへんからでもちょいと足を延ばすだけで、山車の練り歩くのが見えるんだ。でも、そこまでも連れ出せねえくらい、おなっちゃんはつらそうだった」

去年、おせんがえびすを作る傍らで、輪島のお祭りのことをつらつらと思い描いていた。寝苦しい夜に見る浅い夢では、懐かしい祭囃子が響いていた。

そんなふうだったから、おなつは暑気中りでぼんやりしながらも、比呂助が聞かせてくれる江戸のお祭りの話に食いついたのだ。

実のところ、話の中身はあまりよく覚えていない。体が本調子ではなかった上に、小料理屋で働くのは初めてで、毎日気が張り詰めていた。

それに、江戸の言葉になかなか耳が馴染めず、お客さんに話しかけられても聞き取れなかった。受け答えが成り立たず、お客さんを困らせてしまう。失敗続きで、気分がふさぐことも多かった。

比呂助は、せっかちな気性の者が多い鳶には珍しく、大らかで辛抱強い。うまくしゃべれなかったおなつにも嫌な顔ひとつせず、のんびりと構えて話しかけてくれていた。助けてもらった、と、おなつは思っている。

もっとも、比呂助が優しいのは、おなつが相手だからではない。訛りがきついのを悩む若い娘は、ふるさと横丁には少なくない。その誰もが比呂助に優しくしてもらったことがあるという。

ひょっとして比呂助さんって、とんでもない女たらしなんけ？　関わってはいけない人なんやろうか。

一時はそんなふうに疑ってしまっていたが、それは間違いであるらしい。

比呂助は単に人が好いのだ。困っている人がいたら、優しくせずにはいられないらしい。

それはとてもよいことなのだが、難点もある。見目が抜群にいいことへの自覚が足りていないのだ。

おかげで、ややこしいことになるのもしょっちゅうだ。うっかり本気になったおなごに迫られ、そんなつもりじゃないんだ、後生だから勘弁してくれ、と言っては逃げ回っている。

一年あまりの付き合いで、おなつもそのあたりのことがわかってきた。それで、比呂助ともだんだんしゃべりやすくなってきた。

初めの頃は、男前の比呂助に優しくされると、丹十郎に申し訳ないような気持ちになっていたのだ。勘違いをしていたみたいで、何だか恥ずかしい。

そんなおなつの内心など察しもしない様子で、比呂助は楽しそうに語る。

「山王祭は華やかなんだ。高い櫓の上でおなご衆が踊る。この踊り手になるには稽古を重ねなけりゃならねえ。稽古のお代もかさむってんで、大店のお嬢さんか人気の芸者だけがあずかれる名誉だ」

「その娘さんたちがお祭りの花形なんですね。お土産の錦絵にも描かれるなんて、すごいです」

「こっちの絵の、鼻の長い獣は知ってる？　象っていうんだ」

「はい、象の絵なら、見たことがあります。昔、オランダ船で長崎まで運ばれてきて、江戸でも見世物に出たことがあったそうですね。お城の上さまもご覧になったって聞きました」

この話も、おりょうが教えてくれた。

象は、馬や牛よりもはるかに大きな体をしているが、気性の優しい獣だそうだ。しかし、暖かいところの獣であるから寒さに弱く、餌もたくさん食べるので、世話が大変だったらしい。

「山王祭に現れる象は作り物でな、ほら、この絵の象の足下を見てみな。人の足がのぞいてるだろ」

「あ、本当や。中に人が入って動かしとるんですね」

「象は子供らに大人気さ。ほかにもいろんな見どころがあるが、お城の姫君たちまで町に出てご覧になるってのがすごいだろう？　町衆からすりゃあ、姫君のお姿を間近に拝めるなんて、めったにない。山車なんかそっちのけになっちまう者も少なくねえ」

　ほう、と、おなつは息をつく。

「輪島では考えられないことです。前田のお殿さまのお城がある金沢では、位の高いお武家さまがお祭りにいらっしゃることもあるみたいでしたけれど」

　おなつの母は金沢城下の生まれ育ちだ。その伝手で、おなつも子供の頃に半年あまり、金沢で暮らしたことがある。

　金沢の町の景色を、今でも覚えている。二筋の大きな川が流れていた。小高いところに建つお城と、町を北から見下ろす卯辰山。大小のお寺がたくさんあって、澄んだ水が流れる用水路が町じゅうに張り巡らされていた。

「江戸や金沢のお祭りは、輪島のお祭りとはずいぶん違うんですよね。あたしは、輪島のことしか知らないけれど」

　おなつが言うと、比呂助が壁の掛軸を指差した。

「あの絵が輪島の祭りの様子なんだろ？　迫力のある絵だ。祭りのときは、浜辺で火を焚くのかい？」

丹十郎の絵は、墨の濃淡だけで表されている。それでも、夜の浜辺に明々と火がともされている情景が、不思議なほどに生き生きと伝わってくる。松明が燃えるときのにおいまでも思い起こされる。

「お祭りの夜には大きな松明をつくって、火を燃やすんです。その大松明を目印に、沖の舳倉島に住まわれている女の神さまと、輪島の陸に住まわれている男の神さまが、年に一度の逢瀬をなさるんですって」

「七夕の織姫と彦星みたいだ。神さまの逢瀬を、輪島の人たちが明かりをともして手助けするのかい？」

「そういうことになりますね」

「天の川の橋渡しをする鵲の役ってわけだ。しかし、そんなにでかい松明に火を焚いて、恐ろしくはないの？」

　おせんが比呂助に麦湯を運んできた。

「火消の比呂助さんにとっちゃ、火は仇のようなもんですからね。でも、あたしらは、輪島の祭りの火を怖いと思ったことはなかったわ。ねえ、おなっちゃん」

「はい。大松明もキリコも大好きでした。キリコというのは、大きな灯籠です。その絵にも描かれているとおり、四角い形をしていて、家の屋根よりもずっと背が高いんですよ。神さまがお乗りになるお神輿の先導をするんです」

　絵の中のキリコは、内にともされた蠟燭でぼんやりと明るい。その傍らに、神輿が深い陰影を帯びてたたずんでいる。

「大松明も、屋根より高い灯籠も、江戸では考えられないな。本当に江戸は火事が起こりやすいからさ。だけど、海辺に明かりがともされるってのは、風情があっていいね。海に火が映り込むんだろ？　この絵のとおりにさ」

　お祭りのこととなると、おなつの口も滑らかになる。

「そうなんです。きれいで、風情があるんです。七月はお祭りが続くんですよ。六日は鳳至町の住吉宮のお祭りで、大綱引きをするんです」

「へえ、大綱引きか」

「江戸にもありますか？」

「いや、今は聞かねえな。昔は、千住宿でやっていたらしいよ。千住宿ってのは、大川を上っていった先にある宿場だ。大綱引きは、六月の初旬だったかな。どちらが勝つかで、その年の吉凶を占っていたそうだ」

「わあ、同じや。輪島の大綱引きも、その年のことを占う神事なんですよ。上組はお百姓、下組は漁師や船乗りが綱を引きます。上組が勝てば豊作、下組が勝てば豊漁になるんですって。それから、十三日から十六日はお盆ですよね」

「ああ。先祖の霊のために、迎え火や送り火を焚く。商家や武家に奉公してる連中は、お盆の頃に藪入りっていって、休みをもらって家に帰ったりもする。でも、俺みてえに身寄りのない者にとっちゃ、ちょいとむなしいね」

むなしい、と言った比呂助の顔には、どことなく苦い笑みが浮かんでいる。その気持ちが、おなつにも少しわかる。

「去年のお盆の頃、あたしは何となく不安になりました。家族と離れて江戸におったら、ご先祖さまをお迎えすることができない。今年あたしがいないことを、ご先祖さまはどう思われるんやろ。そんなことを考えました」

江戸にも仮初めの檀那寺がある。おなつは去年、おせんと七兵衛に連れられて、その寺へお参りに行った。北陸から出てきた人々の無縁墓に花を手向けもした。

「お盆を過ぎたら、輪島ではこの絵のお祭りがおこなわれるんです。輪島にある三つのお宮で次々と。その後、輪島の沖にある島のお宮でも。それはもう盛大で、勇壮で、きれいで、見物人もたくさんで」

　まず二十三、二十四日が河合町の重蔵宮。それから二十四、二十五日が鳳至町の住吉宮。次いで二十五、二十六日が輪島崎村の輪島前宮。そして二十九、三十日には舳倉島の奥津比咩神社で祭礼が執りおこなわれる。

　キリコも、神輿の形やいわれや担ぎ方も、お宮ごとに異なる。いずれも壮麗なものだが、やはり「うちの町のお宮がいちばんだ」なんて、ひそかに思ってもいる。

　お祭りに伴うお斎市も盛大だ。輪島では四九の市といって、四と九のつく日に市が開かれる。古くからそういう地として知られているから、お斎市はいっそうにぎわう。能登のあちこちから人が集い、海のものから畑のもの、山の恵みまで、「馬の角を除いて何もかもが揃う」といわれるほどだ。

　どんなに言葉を尽くしても、輪島のお祭りについて語りきることはできない。それでも、おなつはすっかり夢中になってしゃべってしまった。

　あまり上手な語りではない。話が行ったり来たりしてしまうし、「すごい」とか「きれい」とか、拙い言葉ばかりになる。どこがどんなふうにすごいのか、どんなところがきれいなのか、ちゃんと伝えきれないのがもどかしい。

それでも、おせんも比呂助も、にこにこして聞いてくれていた。

「さて、おなっちゃん。そろそろかしらね」

おなつは、はっとした。

「お米が炊き上がった頃ですよね。いけない。あたし、ずっとしゃべってばっかりで」

「かまやしないよ。ねえ、比呂助さん」

「ああ。おなっちゃんもたくさんしゃべってくれるようになったなあって、嬉しく思ってたところだ」

「す、すみません。すぐ昼餉の支度をしてきますから」

おなつは肩をすぼめて、比呂助に会釈をして台所に向かおうとした。

ちょうどそのときだ。

葦簀を立てかけた戸口に人の姿が見えた。お客さんだ。のれんをくぐって入ってくると思いきや、お客さんはそこでいったん足を止めた。

「おや、これはまた実にいいのれんだ。加賀お国染ではないか」

聞き覚えのある声に、おなつは思わず立ち尽くす。

お客さんは袴（はかま）姿だ。腰には大小二振（ふり）の刀を差している。そのお客さんがのれんをくぐって顔を見せた。

「やっぱり、叔父さま！」

おなつは声を弾（はず）ませた。

母の弟で加賀藩の御算用場（ごさんようば）に勤める清水和之介（しみずかずのすけ）が、日除（ひよ）けの頭巾（ずきん）を外しながら、目元を和らげた。すらりとした立ち姿が凛々（りり）しい。叔父はなかなかの男前なのだ。

「久しいな、おなつ。息災なようだな」

「はい。叔父さまにお会いしとうございました。江戸詰めになられたのですね」

「うむ」

和之介はおなつにうなずくと、背後を振り向いた。
十五、六とおぼしき色白の少年が、のれんをくぐって店に入ってきた。
「もしかして……こんちゃん？」

おなつは、三つ年下の従弟（いとこ）の名を口にした。幼名（ようみょう）の此之丸（このまる）を、こんちゃんと呼んでいたのだ。

少年がきつい目をしておなつを睨（にら）んだ。

「清水紺之丞と申す。とうに元服しておるゆえ、幼い頃の名で呼ぶな」

叩きつけるように言ってそっぽを向いた紺之丞に、おなつは目を丸くした。

紺之丞は、すっかり大人の声になっている。背丈も和之介を追い越しているようだ。額から鼻筋にかけての線が美しい横顔は、整っているがために、ひどく冷たいように見えてしまう。

なつ姉、なつ姉と慕ってくれていた愛らしいこんちゃんは、いなくなってしまったらしい。

和之介が取り成すように、台所から顔を出したおせんに言った。

「そなたが、こちらのおかみさんか？」

「ええ。せん、と申します。あなたさまは、おなっちゃんのご親戚ですか？」

「おなつの母方の叔父だ。息子を連れてまいった。二人ぶんの昼餉を所望する。それから、仕事がひと区切りした後でかまわぬが、おなつと少し話をさせてもらいたい。よろしいか？」

「もちろん、よろしゅうございますよ。さあ、奥の小上がりにどうぞ。すぐ昼餉をお持ちします。おなっちゃん、手伝って」

「はい」

成り行きを見守っていた比呂助が、切れ長な目を丸くして、おなつを呼び止めた。

「ちょいと、おなっちゃん。こんな立派なお武家さんが親戚って、おなっちゃん、実は武家のお姫さまだったのかい？」

「お姫さまなんかじゃありませんよ。母が金沢の足軽の家柄の出なんです。でも、あたしは輪島の生まれ育ちで、商人と台所女中の娘ですよ」

「本当かい？　いや、前から何となく、おなっちゃんの所作がお武家さんみたいだって感じることがあったんだ。頭の下げ方とかさ。おっかさんに教わったんだろ」

比呂助は興味津々の様子で、おなつと和之介、その後ろにいる紺之丞を見比べている。物見高いところがあるのは、いかにも江戸っ子らしい。

店の表から、旦那、と和之介を呼ぶ男がいる。和之介が合図すると、男は、青菜の植わった鉢を抱えて店に入ってきた。

「これをおなつにと思ってな。金沢から運んできたのだ」

「まあ、何でしょう？」

「何だと思う？　この青菜に覚えはないか？」

鉢には、細長い形の葉が茂(しげ)っている。葉の表は濃緑色だが、裏は紫色だ。

おなつは、あっと声を上げた。

「金時草(きんじそう)！　叔父さまのお屋敷や、高島(たかしま)の伯父さまのお屋敷の庭に植えてありましたよね」

「うむ、そのとおり、金時草だ。金沢城下の武家屋敷の庭にはたいてい植わっておる。さしてうまいわけではないが、使い勝手がいい。ろくに世話をせずとも次々と葉が出てくるゆえ、冬場を除けば、ずっと食べられる」

「覚えてます。味は少し苦みがあって、おひたしにすると、とろりとしていましたよね。この鉢ごといただいていいんですか？」

「むろんだ。挿(さ)し木でたやすく増やせるゆえ、江戸の住まいの庭にも植えてきた。輪島屋でも役立てておくれ」

「ありがとうございます！」

　後で裏庭に植え替えるとして、鉢はひとまず、土間の最奥に置いてもらった。ここまで鉢を運んできた男は日雇いの人足(にんそく)だったらしく、和之介から駄賃(だちん)を渡されると、ほくほくとした顔で去っていった。

小上がりに座り込んだ紺之丞が、じっとこちらを見つめている。親しみのこもった目ではない、ような気がする。

こんちゃん、と古い名で呼んだために怒らせてしまったのだろうか。誇り高い武士に恥をかかせたのだとしたら、身内のよしみでも、たやすくは赦してもらえないかもしれない。

「じゃあ、叔父さま、こん……紺之丞さま、そちらでしばらくお待ちくださいね」

おなつは、そそくさと台所に引っ込んだ。

今日の献立は、山王祭の日付に合わせて作ったえびすと、たこと冬瓜の煮っころがしを主に、漬物と味噌汁、白いご飯だ。

台所はむっと暑かった。いい匂いのする湯気に満たされている。

今日は七兵衛の姿がない。振り売りの長吉に誘われて、洲崎へ釣りに出掛けたらしい。釣り名人の七兵衛は、釣ったその場で締めて捌くのもお手の物だ。貝や烏賊が手に入ったときは、沖漬けを作ってくれたりもする。

おなつは手ぬぐいで汗を拭うと、昼餉の盛りつけに取りかかった。

四

おなつは、十だった頃の春から秋まで、金沢城下の武家屋敷で暮らしていた。叔父、清水和之介の組屋敷に、母とともに世話になったのだ。

きっかけは、父の重兵衛の仕事である。生まれ故郷の宮腰に数か月にわたって留まり、いろは屋の番頭として新しい支店を開くことになったのだ。

宮腰は犀川の河口に位置しており、金沢から最も近い湊だ。弁才船の出入りが多く、きわめて栄えている。金沢屈指の豪商、銭屋五兵衛が拠点を構える地でもある。

銭屋五兵衛は加賀藩の御用商人だ。莫大な献上金によって藩の財政を支えている。その見返りとして、異国との商いをこっそり許されているという噂もある。

そんな噂が立ったのも、銭屋の羽振りのよさが群を抜いて凄まじいためだろう。日ノ本屈指の大藩である加賀藩の石高になぞらえて、銭屋を「海の百万石」と呼ぶ者さえいる。

おなつの父の重兵衛も、小僧の頃の奉公先は銭屋だった。手代の頃、そろばん勘定が得意で物覚えがよいのを見込まれて、いろは屋に引き抜かれた。そして輪島に越すことが決まってから、おなつの母のおようと一緒になったらしい。

重兵衛が宮腰で仕事をする間、おなつとおようも輪島を離れることとなった。金沢に住む叔父、和之介が招いてくれたのだ。

輪島から出たことのなかったおなつにとって、船で宮腰まで赴き、そこから歩いて城下町へ向かった旅は、何とも心の躍るものだった。

穏やかで優しい叔父とその妻、かわいらしくて聡明な従弟と一緒に暮らした日々もまた、特別な思い出となった。

叔父の屋敷から川沿いの道を四半刻ほど（約三十分）行くと、母の兄である高島茂兵衛の屋敷があった。母が生まれ育った屋敷だ。独り身の伯父は子供好きで、素晴らしい遊び仲間になってくれた。

従弟のこんちゃんとは、あれっきり会えずにいたが、文のやり取りは続けていた。あどけなかった従弟の字がどんどん上手になっていくのに驚かされたものだ。

和之介は昼餉をぺろりと平らげると、実にうまかった、と舌鼓を打った。そして、さっそくおなつをつかまえて、思い出話に花を咲かせ始めた。

「我が屋敷で過ごしておったときのことを覚えておるかな、おなつ」

「もちろんです。お屋敷は、犀川という大きな川のそばにありましたよね。お屋敷の門を出たら、ひと筋向こうが北国街道で、少し歩くと大橋が見えました。今でもそこのお屋敷に住んでいらっしゃるんですか？」

「ああ、古寺町に拝領した屋敷のままだ。小さな屋敷だっただろう？」

「そんなことありません。漆喰塗りの塀に囲まれて、お庭もあって、立派なお屋敷でした。お部屋が六つもあったのを覚えています。あまも広くて、こんちゃんと一緒に、そこで遊んだりもしました」

あまというのは、屋根裏の物置のことだ。階を掛けて上り下りする。輪島の実家にも同じようにあまがあって、薪を蔵するのに使っていた。

江戸には、あまのある造りの家はないらしい。少なくとも、ふるさと横丁に軒を連ねているのは、一階が店で二階が住まいの、細長い町家ばかり。裏手にある長屋は平屋造りで、天井板は張られておらず、梁が剝き出しになっている。

「おなつはお転婆だったな。姉上の幼い頃もそうだった。姉上はおとなしそうに見えて、こうと決めたらどんどん突き進んでいくのだ。おなつの父上と出会ったときもそんなふうで、止める間もなく嫁いでいってしまった」

「商人の父とは、身分を超えて一緒になったんですよね」

「まあ、高島家くらいの薄給の足軽では、珍しくもないことだ。商家や百姓に嫁ぐほうが、暮らし向きが豊かになるのでな。ほら、高島家を継いだ伯父上は、独り身のままだっただろう?」

高島家というのが、おなつの母や和之介の実家である。伯父のもとへは毎日のように遊びに行ったが、屋敷は清水家より狭かった。

和之介が当主を務めている清水家は、御算用者の家柄だ。男児が生まれなかったので、よそから養子をとることになり、秀才と誉れ高かった高島家次男の和之介に白羽の矢が立った。

御算用者は、藩のお金の勘定を司るお役人だ。中でもお殿さまやそのご家族のお気に召した者は、祐筆としておそばに仕えることが許される。

和之介は、御算用者にして祐筆という出世街道を歩んでいる。算術の才にも書の才にも恵まれ、人柄もまた優れていると評判が高いのだ。

おなつは、頭がよくて穏やかな和之介叔父のことも、一人暮らしの茂兵衛伯父のことも、どちらも好きだった。ただ、どちらかを選べと言われたら、ちょっと寂しそうな茂兵衛のほうを選んだかもしれない。

「茂兵衛伯父さまは、料理でもお掃除でも、お一人で何でもなさっていましたね。食べられる野草の見分けが得意で、たくさん教えてくださいました」

「兄上はお優しいのだ。昔からそうだった。独り身を通しておるのも、家族を養えるだけの俸禄(ほうろく)が得られんからだ。私たちきょうだいは幼い頃、貧しさのために本当に苦労したのだよ。兄上にも、好き合ったおなごがいたらしいが」

「相手を想えばこそ、一緒にはなれなかったんですね」

おなつは和之介の話にあいづちを打ちながら、小上がりの奥に座る紺之丞のことが気になっていた。

紺之丞は湯冷ましを飲んだきりで、箸を取ろうともしていない。不機嫌そうなしかめっ面(つら)で、じっと押し黙っている。

「あの、もしかして、嫌いなものがありましたか?」

おなつが尋ねてみても、紺之丞はちらりとこちらを睨むばかり。口を開いてくれない。和之介に目顔で助けを求めると、和之介はおなつを手招きして耳打ちした。

「難しいやつで、すまぬな。私が何を言っても駄目なのだ。屋敷でもこんなふうで、私や妻とは食事をともにしようとせなんだ。むろん腹は減るようで、一人にしてやれば食うのだが」

「まあ、そうなんですか」

それなら、おなつが小上がりに座って和之介と話し込んだりなどすれば、なおさら紺之丞は食べにくいのではないか。

「昔は素直で愛らしかったのを、おなつも覚えておるだろう？」

「ええ」

「十二の頃に御算用者の試験を受けさせてみたが、落ちてしもうてな。手習いではいつも一番であったゆえ、人生において初めてしくじったわけだ。それがよほど悔しかったのだろう。すっかり人が変わったように、ひたすら机にかじりつくようになった」

「でも、もともと学ぶことが好きだったでしょう？　それ以上に机に向かうようになった、ということですか？」

和之介はうなずいた。

内緒話といっても、紺之丞も内容を察してはいるだろう。険悪な目でこちらを睨んでくるので、おなつは身を縮めて和之介の陰に隠れた。

「しくじりの翌年、紺之丞は十三で御算用者に任用され、おかげで我が家の実入りは倍になった。私は紺之丞を誉めた。一年の間、机にかじりつくばかりで会話がなくなっておったのも、それでしまいになると思った。ところがだ」

「変わらなかったのですね？」

「今度は私がしくじったのだ。縁談がひっきりなしに来ておるぞ、ずいぶん持てるものだな、などと言ったのがいけなかった。父上は約束を反故にするのか、と怒鳴って、それっきりだ。以来、よほどの用がない限り、ひと言も口を利いてくれぬ」

「ええっ？　そんなに頑なでは、叔父さまも困りますでしょう？　その約束というのは、こんちゃ……紺之丞さまにとって、それほど大切なものやったんですね」

和之介は深く嘆息しながらうなずいた。

十代半ばの若者が尖っていたり、時には荒れて手がつけられなくなったりと、そういう話は輪島でも江戸でもよく耳にする。時が経てば落ち着く者が多いというが、今まさに難しい時期真っ只中の紺之丞を前に、どうすればよいのか。

　おなつは、話を変えることにした。ひそひそとした声もやめる。

「ええと……叔母さまはお元気ですか？」

「うむ。妻も、清水の家の父母も息災だ。実の両親が早くに逝ってしまったぶん、養家の親族を大事にせねばと思っておるよ。家族といえば、兄上にも養子を紹介したところでな、そちらもうまくやっていけそうだぞ」

「茂兵衛伯父さまのところ、やっぱり奥さまを迎えられないまま、養子に家を継いでもらうことになるのですね」

「ああ。おなつか紺之丞に弟ができれば、その子を兄上の養子にしたいという望みを姉上と語り合った頃もあったが、叶わなんだ。もう一つの望みのほうも、なあ……」

　歯切れの悪い感じで、和之介の言葉が止まる。

　紺之丞が身じろぎをした。折り目のきっちりとした袴が、ばさりと音を立てる。おなつは、びくりとしてしまった。

「あの、叔父さまと紺之丞さまが江戸でお勤めすることになったら、叔母さまたちはお寂しいのではありませんか？」

「寂しかろうが、致し方あるまい。江戸で定詰（じょうづめ）ということになれば、こちらへ呼び寄せることもできようが、こたびの勤めは一年か、長くとも数年といったところだろう。しかし、江戸の暮らしは費用がかさむ。その点に困っておるのだよ」

和之介の言葉遣いはきっちりとして品がよい。いかにもお殿さまにお仕えするお武家さまだ、とも思える一方、御算用者というお役に就いているだけあって、まるで商人のようなところもある。お金の話を平然とやってのけるのだ。

普通のお武家さまはこうではない、というのを教えてくれたのは、母のおようだった。おようは、貧しかったとはいえ、武家の娘として手習いや礼儀作法を身につけた人だ。今でも、商人のおかみさんとはどこか違った気配がある。さっき比呂助がおなつに言ったとおりだ。

そのおようが、おなつに言い含めるように告げた事柄がある。輪島のおかみさんではなく、武家仕込みの礼儀作法で背筋を伸ばして、口調も改まっていた。金沢の和之介のもとで暮らす前にも、江戸へ出てくる前にも、同じことを言った。

「武家は体面を大事にするものなのです。たとえ懐（ふところ）事情が苦しくとも、それを人前に見せることを恥とする。自分の想いを正直に明かすことも、してはならない場合もある。おなつ、いい？　そのお立場を思いやってさしあげなさい。お武家さまも、ただ偉ぶっているだけではないのよ」

幼い頃は、よくわからなかった。だが、輪島で廻船問屋や船宿の商いを間近に見て育ち、大人になった今ならば、何となくわかる。

いろは屋や、高左衛門のような輪島塗の塗師屋は羽振りがよい。その暮らしぶりと比べると、お武家さまの暮らしは質素そのものだ。

言葉を選ばずにいえば、お武家さまは全体として貧しい。大切な刀を質に入れ、その代わりに竹でできた刀を差して身だしなみを整えているかたもいらっしゃる。

徳川の権現さまが幕府をおつくりになってから、二百年あまり経った。戦がようやく落ち着いた頃と比べると、世の中の様相はずいぶん変わった。泰平の世が続く間に人々の暮らしは豊かになり、そのぶん、物の値がすっかり上がったらしい。

ところが、お武家さまの俸禄は、二百年あまり前に定められたまま、ほとんど加増していないのだそうだ。それではあまりに少なくて、今の世で暮らしていくにはとても苦しい。

出世を重ねている和之介でさえも、江戸詰めは金がかかると危惧している。清水家は和之介と紺之丞、二人ぶんの俸禄を得ているが、それでも厳しいのだ。

「叔父さまたちは今、江戸のどちらに住んでいらっしゃるの？」

「上屋敷だ。加賀藩の上屋敷は本郷にあるのだが、知っておるか？」

「本郷、ですか？　千代田のお城のどちら側？」

「お城よりも北だ。最も近い御門までは、半里（約二キロメートル）といったところかな」

「それじゃあ、深川までずいぶん遠かったでしょう。歩いていらっしゃったんですか？」

深川宮川町は、お城から見て辰巳の方角、すなわち南東にある。輪島屋からお城のお堀に架かる呉服橋や鍛冶橋までは、ゆうに一里（約四キロメートル）以上あるはずだ。

和之介は胸を張って笑い飛ばした。

「そろばんを弾くのが役目の我らとて、剣と弓馬の鍛練は怠っておらぬよ。足腰を達者に保つには、非番の折にこのくらい出歩くのがちょうどよい」

「ご立派です」

「とはいえ、この暑さにはまいるがな」

「そうでしょう。梅雨が明けてから、どんどん暑くなるんですもの。あたし、去年はすっかり暑さに負けてしまいました」

「輪島の夏は、金沢よりもいくらか涼しいようだからな。姉上がそう申しておった。うらやましいことだ。私も初めて江戸詰めになった折は、夏の日差しのしつこさと冬の空(から)っ風の強さに驚いたものだが」

一緒に金沢の屋敷で過ごしたときに、江戸の話も聞かせてもらったように思う。話の細かなところは忘れてしまったが、江戸土産の錦絵を眺めたことは覚えている。ついさっき比呂助がくれた山王祭の錦絵のような、町の様子を描いたものだった。

「金沢で水遊びをしたのも覚えていますよ。用水路をお庭に引き入れて池をつくっていらっしゃるお屋敷で遊ばせていただいたんですよね」

「長町(ながまち)の上役の屋敷にあいさつに行った折であったか」

「そうだと思います。犀川に入ったのも覚えています。犀川は流れが速くて危ないからと、茂兵衛伯父さまが一緒に水に入ってくださいました。そしたら、近所のお百姓さんたちが、ごりを捕るのを見せてくださって、それもおもしろかった」

ごり、というのは川魚だ。一寸（約三センチメートル）に満たないくらいの小さなものが、初夏の犀川や浅野川にたくさん現れる。それを網ですくって捕るのだ。

十のおなつには、ごりを捕っていた男たちはうんと大人に見えた。だが、実のところは、今の紺之丞くらいの年頃だっただろう。茂兵衛が漁の加勢を申し出ると、若者たちは恐縮していたが、水浸しでわいわいやっているうちに打ち解けていった。

捕れたばかりのごりをたっぷりと買い取って、およう が佃煮にした。甘辛い味つけの佃煮は、おなつの好物だった。紺之丞も佃煮が好きだと言ったので、おなつは張り切って、佃煮作りを手伝った。

清水家の屋敷の庭には、山椒の木が植えてあった。幼かったおなつは、その木に近寄っただけでつんとしびれるようなにおいがするのが苦手だった。

ごりの佃煮には山椒をきかせるのがいい、と和之介が言ったときには、おなつは鍋に蓋をして、あの辛い実を入れられるのを防いだ。ぴりりと辛い仕上がりでは、大人は喜ぶかもしれないが、おなつや紺之丞が食べられなくなってしまう。

今となっては、おなつも山椒の風味がきいたものも食べられる。それでも、ごりの佃煮を思い出すと、子供の舌にも甘かったあの味こそがいい、と思う。佃煮は素直な味のものが好きだ。

　ふと、おなつは思い出した。紺之丞の様子を探るが、やはり箸を取ろうともしていない。どうしたら、その紺之丞が昼餉に手をつけてくれるのか。おなつはひらめいたのだ。

「紺之丞さま、あたしが作った佃煮があるんです。しらすの佃煮ですけれど、ごりの佃煮に似とるんですよ。お持ちしましょうか？」

　ちらりと紺之丞がこちらを見た。だが、口は開かれない。

　おなつはもうひと押し、紺之丞に尋ねてみた。

「せっかくやから、金時草も使わせていただいて、何かお作りしようと思います。どうでしょう？　ちょっこし召し上がってみませんか？」

　紺之丞のまなざしが、おなつをとらえている。いまだ少年らしく線の細い顔立ちだが、はっとするほど秀麗だ。あと何年かして幼さが消えれば、いかにも武士然として引き締まった男前になるのだろう。

　おなつは、紺之丞の顔立ちの中に昔のこんちゃんの面影を探した。おなつにとってのこんちゃんは、何としても守ってあげたい、かわいい従弟だった。

疑問が湧いてくる。答えを知りたくてたまらなくなる。

紺之丞さまは、なぜ食べてくれないんやろ？　どうして口を利いてくれんのけ？　何で叔父さまを苦しめて傷つけながら、紺之丞さまのほうが苦しそうで傷ついた目をしとるんやろ？

「勝手にしろ」

と、紺之丞がうつむいた。

かすかな声でそう言った。

おなつは立ち上がった。返事を聞かせてもらえたのが嬉しくて、つい声が弾んでしまう。

「わかりました。勝手にしますね。待っとってください」

土間の奥に運んだ金時草の、色のきれいな葉を一束、選んで摘み取る。選び方も摘み方も、十の頃に母に教わったのを、今でも覚えている。

金時草の料理の中で、こんちゃんがいっとう気に入っていたものも、その作り方も、もちろんちゃんと覚えている。

おなつは台所に引っ込むと、鍋に水を張って火にかけた。湯が沸くまで時がかかるのがじれったい。その間に、しらすの佃煮を小鉢に盛る。

おせんが興味津々の様子で訊いてきた。

「金時草っていうんやね。この菜っ葉で何を作るつもりなん？」

「酢の物です。さっと湯がいて、水気を切って、甘く味つけしたお酢で和えるんです。こんちゃん……紺之丞さまが幼かった頃、夏風邪を引いて大変なときも、これだけは喜んで食べとったから」

「あら、おませな舌を持っとったがやね。酢の物って、子供は好き嫌いが分かれるやろ。苦手な子も多いがに」

「こんちゃんは酢の物が好きやったんですよ。ほんでもあんまり酸っぱいと、顔をしかめとって。ほやし、つんと尖った味にしたらだめなんです。その塩梅がちょっと難しくて」

「そうなんやね。金時草は、ほかにはどんな使い方ができるが？」

「おひたしや味噌汁の具にしとったんですかね。金時草は少し苦みがあるんで、それを打ち消すような料理の仕方やといいと思うんです。酢の物でさっぱりいただくのが、あたしも好きです」

おなつは火の番をおせんに頼み、裏庭に出た。お天道さまが頭上にあって、日陰がない。けれども、風はそよそよと吹き抜けている。

裏庭には、七兵衛が作ってくれた日除けがある。弁才船の帆に使う頑丈な木綿の布だ。その四隅を、裏口の軒と生け垣の二か所と柚子の枝に括りつければ、出来上がり。帆布の日除けがあるだけで、裏庭はずいぶん涼しくなる。

台所に置いている腰掛けを、日除けの下に出す。

「これでいいやろ」

おなつは額の汗を手ぬぐいで拭って、台所に戻った。

ちょうど湯が沸いたところだった。塩をひとつまみ入れ、洗った金時草をさっと湯がく。一つ、二つと数えると、お湯にじわりと紫色がにじみ出る。紫色を帯びていた葉は、深い緑色に変わる。

金時草は、あっという間に熱が通ってしなやかになる。

笊にあけ、水で洗って絞り、水気を切る。明日の仕込みのために引いてある出汁を少しいただき、酢と合わせる。みりんを加えて味を調え、金時草を和える。小鉢に盛りつける。

「よし、できたわ」

おなつは、台所を出て小上がりのほうに戻った。

相変わらず紺之丞は隅に座り込んだまま、昼餉に手をつけていない。眉間に皺を寄せた顔はいかにも不機嫌そうだが、ふと、おなつは気がついた。慌てて詰め寄る。

「紺之丞さま、大丈夫ですか？　具合が悪い？　ひょっとして、頭が痛むんやないんですか？　暑いんでしょう？」

はっきりと顔色に出ているわけではない。だが、息が浅い。背筋に力が入っていない。

去年のおなつがそうだったのだ。暑気中りで頭が痛むのを悟られたくなくて、黙りこくっていた。だが、やはり様子がおかしいので、まわりの誰かに気づかれてしまう。

紺之丞は応じなかった。だが、否定しないのが答えだと思った。具合が悪いせいもあって、食も進まなかったのだ。

おなつは、紺之丞の正面に膝を進めた。逃げていこうとするまなざしをつかまえて、微笑んでみせる。

「ここよりもいいところがあるんです。こっちに来てください。狭いけれど、輪島屋にもお庭があります。そこは涼しいし、人目もないから、休むにはちょうどいいさけ。ね？」

おなつは紺之丞に手を差し伸べた。その手をじっと見た紺之丞が、やがておなつをまっすぐ睨んで、ぼそりと言った。

「手など借りなくとも立てる」

「そう。ほんなら、こちらへどうぞ」

土間の奥の勝手口を開け、紺之丞を庭に連れ出す。腰掛けには、冷ました麦湯が置いてあった。おせんが気を利かせて出してくれたのだ。

紺之丞を腰掛けに座らせておいて、おなつは台所に引っ込んだ。金時草の酢の物と、えびすと、しらすの佃煮。それから、冷ました湯漬けに刻んだ梅干しを添える。

お盆を手に、裏庭へ戻った。

紺之丞は腰掛けた格好のまま、じっとおなつを見上げた。

「……金時草、料理したのか」

「はい。せっかく運んできてもらったので」

「輪島屋という名の店で金沢の料理を出すなんて、変だ」

おなつはびくりとしてしまった。母から忠告されたことを思い出したのだ。

お武家さまは誇り高い。金沢はお城のある町で、前田のお殿さまにお仕えするかたがたは、とりわけ金沢を大切に思っている。その誇りを傷つけるようなことをするのは、とんでもない失礼だ。

「ご、ごめんなさい、勝手なことをして……」

はあ、と紺之丞がため息をついた。

「謝らせたいわけではない。おまえは伯母上の娘だから、別にいいんだ」

「そ、そうですか」

「金時草、せいぜいうまく育てるんだな。世話というほどの世話はしなくていい。おまえはお節介だから、水のやりすぎには気をつけろよ」

その言葉をきっかけに、思い出が一つ、脳裏によみがえった。

「そうやわ。あたし、お屋敷のお庭の草木にお水をやるのが楽しくて、金時草にもたっぷりお水をかけて……」

母に止められたのだった。こんなに水をやったら金時草が溺れてしまうでしょう、と言われて、恐ろしくなった。

紺之丞のまなざしがおなつに向けられている。おなつも見つめ返した。

おりょうなら、こうやって向き合っているだけで、紺之丞の体の具合を見抜いてしまうのだろう。顔色ひとつで、ある程度の診立てができるらしいのだ。去年、おなつが体調を崩していたときもそうだった。

おなつには、そんな力はない。ただ、紺之丞の様子が去年の自分と重なるから、何となくわかる。

「あたし、去年の今頃は暑さにやられとりました。江戸は乾いた風が吹くせいで、肌も荒れました。紺之丞さまは江戸に着いたばかりなんですよね？　慣れない場所やから、ちょっとしたことにも苦労するでしょう？」

「苦労など、別に……旅の道中のほうが、埃だらけになるし、草鞋の紐は切れるし、日に焼けて水ぶくれまでできるし、面倒が多かった」

「本当、そのとおりです。江戸は遠かった」

「当たり前だろ。加賀藩から江戸が遠いのは、子供だって知ってることじゃないか。女の足なら、なおさら遠かったはずだ。それなのに、わざわざ苦労して江戸に出るとはな。向こう見ずで、馬鹿だ。おまえは、そんなに……」

ぽいぽいと投げつけられていた言葉が、ふと途切れる。おなつは小首をかしげた。

「あたしが、何でしょう？」

紺之丞はこれみよがしにため息をついた。

「そこで突っ立って見張っているつもりか？」

おなつは、ぶんぶんと首を左右に振った。

「お邪魔ですよね。あたし、店のほうにいますから。何かあったら、声を掛けてください」

急いで台所に引っ込む。

勝手口のところに隠れ、息を殺して聞き耳を立てていると、紺之丞が食べ始めたのがわかった。そっと様子をうかがう。まず金時草の小鉢に手をつけ、あっという間に平らげ、次にえびすを口に運んでいる。

よかった。

おなつは、ほっと胸をなでおろした。

五

小上がりでは、和之介が今まで見せたことのないような顔をしていた。眉尻の下がった、何とも情けない顔である。

「おなつ、どうであったか？」

「大丈夫です。紺之丞さまは今、昼餉を召し上がっています」

和之介は、そのまま崩れ落ちてしまいそうなほど、大きなため息をついた。

「手間をかけさせて、すまぬな。連れ立って歩いたのも久方ぶりなのだ。おなつに会いに行くのでなければ、来てくれなんだろう。いや、本当に、困ったものでな」

「いつもあんなふうなんですね？」

「さっきも言うたとおりだ。御算用者の試験にしくじったことと、私が約束を破る振る舞いをしてしもうたこと、この二つが引き金になった」

「ほんなら、叔父さま、お屋敷では針の筵（むしろ）だったんじゃないですか？」

「いや、幸か不幸か、ちょうど紺之丞が御算用者として取り立てられた頃に、私がしばらく江戸詰めとなった。紺之丞と顔を合わさぬ時期が続いたのだよ。おかげで針の筵には座らされずに済んだが、どうやって話をすればよいのか、まったくわからなくなってしもうた」

頭を抱える和之介など、思い描いてもみなかった。そつなく何でもこなしてしまう人だと思っていたのだ。

「さっきのお話だと、叔父さまがないがしろにしてしまった約束というのは、縁談に関わることとやったんですよね？」

「ああ」

「紺之丞さまが十三の頃でしたか。その年頃で縁談があるのは、お武家さまでは普通かもしれませんけど、やっぱり若すぎると思います。紺之丞さまは複雑な気持ちになったんでしょうね」

「うむ。私も、あやつの気持ちをないがしろにするつもりはなかったのだが、しかし相手方の事情を思うと、親の望みを押しつけるわけにもいかなんだ。何しろ、その約束というのが、三十年余り前の子供同士の口約束よ。約束には違いないが、とはいえ、なあ……」

和之介は、おなつのほうをちらちらと気にするそぶりで、顔をしかめたり唸ったりしている。おなつに打ち明けるかどうかを迷っているのだろうか。

だが結局、和之介は腕組みをしたまま固まって黙り込んだ。

沈黙を破ったのは、比呂助だった。ずっと気に掛かっていたらしい。比呂助は、小上がりの縁に腰掛けた。

「ちょいと、失礼しやす。どうしたって聞こえてきちまったもんで、あれこれ知ってしまいやした。申し訳ねえことです」

「いや、こちらこそ、騒がせてすまぬな。格好のつかぬところをお見せしてしもうた」

比呂助は、すっきりと整った顔に苦笑を浮かべた。

「お坊ちゃんの振る舞いには、俺も覚えがありやすよ。不躾なことを言わせてもらやぁ、俺も親に向かって、そっくり同じような振る舞いをしていやした。手のつけられねえ息子だったんです」

「まことか？　そなたのように、こう、粋な男がか？」

「へい、まことでござえやす。十三、四の頃は何から何までおもしろくなくて、ものを壊すわ喧嘩はするわで、とにかく荒れてたんでさあ。おふくろを泣かせて、親父に殴られても止まれねえ。結局、家出して鳶の修業に入りやして」

明るく気さくで親切な比呂助が喧嘩などと、信じられない。おなつは目を丸くしたが、比呂助は「本当なんだ」と言って続けた。

「彫物も、初めて入れたのは十四の頃ですよ。俺のような素町人にゃ、元服なんてあってないようなもんだから、勝手に前髪も剃っちまいやした。そんなふうだったんで、親父は俺と顔を合わせるたんびに、親不孝者め、と怒鳴っていやした」

和之介は目を伏せた。

「おぬしの親父どのは立派だな。私も息子に対して怒鳴り、殴ってみればよいのかもしれぬ。だが、あれこれ考えてしもうてな。私は十四の頃に今の家の養子となり、血のつながりのない両親の期待の下、務めを果たすことばかりに必死だった」

「もとは貧しいお生まれだとおっしゃっていやしたね」

「ああ。それまでの貧しさをはねのけるためにも、私は一心不乱に進むしかなかった。そうやって生きてきたものだから、持てる者として生まれ、才にも恵まれた紺之丞のことが、そもそもよくわからぬのだ」

「仕方ありませんや。親子とはいえ、そっくり同じように生まれつく者なんて、いやしません。似ていても、違うんでさあ」

まったくだ、と和之介は苦笑した。

「当主となった今でも、私は義父母と妻への遠慮がある。義父母は倅に甘い。その義父母の前で、私が倅を殴れるはずもない。妻だけは倅を叱っておったが、だんだんと疲れてしまったようでな。倅のことはもう、腫れ物に触れるような扱いよ」

おなつは母の言葉を思い出していた。

「お武家さまは誰しも、お家のことで難しい思いを抱えてしまうものやって、母が言っていました。叔父さまも気苦労が絶えないことと思います。お勤めもお忙しいのに、お家のことでも悩んでしまわれて、おつらいでしょう?」

「そうやって甘やかしてくれるところが、姉上そっくりだな。しかし、武家であればこそ、子を育てるにあたっては朱子学を重んじねばならぬのだ。本来はな」

「朱子学というのは、孔子さまの教えを深く知るための学問ですよね。孔子さまは大昔の唐土の偉い学者さまで、親孝行やお殿さまへの忠義について説いていらっしゃるがでしょう?」

「さよう。最も身近な目上の者、親への孝心を正しく育むところから、やがては一国の主への忠心に結びついていくのだ。ところが、私は我が子をしてその道を徹底せしめておらぬ。武家として実に怠慢だ。清水家は算術に明け暮れる一方、朱子学に欠けておると後ろ指をさされてもおかしくない」

怒鳴って従わせることができるなら、和之介も紺之丞を怒鳴るのだろう。だが、和之介はまるでそろばんを弾くように、勘定して答えを出してしまう。

紺之丞はきっと、怒鳴られたところで変わらぬ。ならば怒鳴るのは無駄だ、と。

比呂助が口元に笑みを留めたまま、顔をしかめて言った。

「差し出口を、もうちょいとだけお赦しくだせえ」

「かまわぬ。続けよ」

「旦那、お坊ちゃんと喧嘩できるうちに喧嘩しといたほうがいいですよ。ちゃんと怒鳴ってやってくだせえよ。うちは、俺が家出してる間に親父が死んじまった。流行り病でした。おふくろも親父がいなくなった途端に心が弱って、俺が一人前の鳶になるより前に病で死にました」

「何と……」

「珍しい話でもねえでしょう。世の中にごまんと転がってる話だ。それでも、当の本人にとっちゃ、こたえることなんですよ。俺は後悔してんです。もしもあの頃、俺がもっとまともだったら、と思い描いちまう」

ああ、と和之介は呻いた。

「違いない。肉親がいつまでもそばにおるわけではないのだ」

和之介自身、生みの親との別れは早かった。清水家へ養子に迎えられた頃、相前後して、両親ともに亡くなったらしい。和之介もまた、比呂助のような後悔を抱えているのだろうか。

比呂助は小上がりから立って和之介に向き直り、深々と頭を下げた。

「差し出口が過ぎやした。申し訳ありやせん。でも、黙ってらんなかったんでさあ」

「顔を上げよ。謝ることではあるまい。そなたの話を聞けてよかった。ためになったぞ」

比呂助は言われたとおりに体を起こし、ばつが悪そうに頭を掻いた。

おなつは、紺之丞が手つかずのまま置いていった盆を引き寄せた。

「こちら、下げますね。傷みにくいお菜はお包みしますから、叔父さま、今宵の夕餉に召し上がってください」

　和之介は笑みをとりつくろった。

「おお、すまぬな。実は、江戸詰めの御算用者は長屋暮らしで、奉公人もおらんのだ。食事をどうしたものかと、江戸詰めのたびに頭を抱えてしまう。だが、こたびはおなつを頼ることができそうだな」

「本郷から深川ではちょっこし遠いけど、ぜひまたいらっしゃってください。長屋暮らしやなんて、大変ですね。狭いんでしょう？」

「ああ、いや、このあたりの裏長屋に比べれば多少は広い。間口は二間半（約四・五メートル）で、奥行きは部屋が三つ。しかも二階建てだ」

　比呂助は難しげな顔をした。

「そりゃあ、長屋にしちゃあずいぶん広い。組屋敷みてえなもんですかねえ。俺っちのような裏長屋暮らしの狭い部屋なら、嫌でも親と顔を合わせますが、お武家さんのお屋敷じゃあ、そうもいかねえわけか」

　困っている人がいれば、我がことのように親身になるのは、比呂助にとっては常のことだ。相手が武士だろうが、かまわないらしい。本当に人が好いのだ。

おなつの胸がちくりと痛む。

誰の懐にでも飛び込んでしまう比呂助の人懐っこさに、丹十郎を思い出してしまった。弁才船の行く先々で人と話し、その土地の言葉を覚えてしまうのだ。

……丹十郎さんは今頃、蝦夷地の村でも友達をたくさんつくっとるんやろうか。アイヌと呼ばれる人々の言葉を、もうしゃべれるようになったんやろうか。

和之介は比呂助に言った。

「かたじけないな。初めて会うたそなたにも心配などさせてしまうとは。今さらだが、そなた、名を何と申す?」

「比呂助といいやす。ご覧のとおり鳶なんで、お役に立てることがあればお申しつけくだせえ」

「鳶の比呂助どのか。覚えておこう」

「ありがとうごぜえやす。しかし、こんな無礼者にいきなり声を掛けられて、旦那もびっくりなさったでしょう。江戸の町人ってのは、こういうふうに、とにかくお節介なもんなんでさあ」

何の何の、と和之介はまたかぶりを振った。そして、おなつに笑みを向けた。

「おなつ、よい店で働いておるのだな。そなたの母も安心するであろう。江戸の輪島屋とはどのような店かと気を揉んでおったからな」

「母に文を書くんですか？」

「そうしてほしいと頼まれておる。おなつのことをたびたび知らせてほしい、とな。ゆえに、またこちらに顔を出すぞ。うまい昼餉を食わせてくれ」

「あたしに作れるもので、材料が手に入れば、金沢の料理もお出ししますね。紺之丞さまには、輪島屋という店で金沢の料理を出すのは変だ、と言われてしまいましたけれど」

　おせんが、切った瓜（うり）を運んできた。おまけですよ、と言って瓜を振る舞いながら笑ってみせる。

「紺之丞さまのおっしゃるとおり、お殿さまのお膝元の金沢料理と、あたしらがいつも作ってる輪島料理じゃ、ずいぶん違うもんですよ。醤油の味なんかは、江戸の醤油と比べりゃ、まだ輪島のほうが金沢に近いとは思いますけどね」

　金沢も江戸もお武家さまの町だ、と感じる。通りを歩いていたら、二刀を腰に差した男の人とすれ違うのだ。輪島には、短い刀を差した地役人（じやくにん）ならいたけれど、二刀差しのお武家さまはたたずまいがまったく違う。

おなつは、自分にもそのお武家さまの血が流れていることが、いまだに信じられない。

今でも叔父さまは覚えておいでやろうか。あたしがびっくりして大泣きしてしまった、あのこと。

金沢で過ごしていた頃、清水家と親しい付き合いをする御算用者の家の当主がおなつを気に入って、我が屋敷に住み込んで行儀見習いをしないか、と言いだした。和之介は諸手(もろて)を挙げて賛同した。おなつは、どうしていいかわからなくなって、しまいには泣きだした。

あのとき、和之介は慌てて弁明した。

「おなつ、聞いておくれ。おなつの母上には苦労ばかりかけた。私が助けたいと思っておったが、おなつの父上が連れていってしまって、私は何もできなんだ。だからな、おなつよ、代わりにおぬしに目を掛けさせてはくれぬか？　ほしいものがあれば贈ろう。困ったことがあれば、いつでもよい。私を頼っておくれ」

幼い頃の思い出だ。

もしもいつか困ったことが起こったら。

優しい叔父がかけてくれたその言葉は、おなつの宝物の一つになった。頭がよくて剣術も弓術もお上手な叔父さまやったら、海の向こうから鬼が攻めてきたって、きっとあたしを助けてくれるんやわ。

こんちゃんも、おなつに約束してくれたものだ。

「大きくなったら、なつ姉と一緒に金沢に住みたいの。輪島がどんなに遠くても、迎えに行ってあげるからね。此之丸は、なつ姉のことが大好きなんだ。ね、約束しようよ」

本当にかわいらしい従弟だった。おなつは弟ができたようで、紺之丞と遊ぶのも、字の稽古(けいこ)をするのも、楽しくてたまらなかった。

それが十年足らずで、あんなに難しい人になってしまうなんて。

ふと、引っかかりを覚えた。

「約束……？」

紺之丞が和之介に対して激怒したのは、約束を反故(ほご)にされたからだった。

まさか。

いや、そんなはずはないだろう。あんな古い約束など。

すっかり忘れていたわけではない。だが、おなつにとっては、とうに思い出になっていた。だって、叶えようのない約束だ。おなつには丹十郎がいる。

比呂助が、振る舞われた瓜を遠慮なく平らげながら、和之介に説いている。

「江戸の町場じゃあ、こんな暑い昼日中に外で働きゃしねえんですよ。旦那も、日が傾(かたむ)いてくる昼八つ半（午後三時頃）までのんびりして、帰りは舟を使っちまえばいい。ここいらには猪牙舟(ちょきぶね)がうろうろしてやすから、神田川の和泉(いずみ)橋のあたりまで乗っていったらどうです？」

五月二十八日の川開き以降、江戸の川や堀を行き交う舟が数を増した。比呂助の言うとおり、暑すぎる昼に外に出るのを避(さ)ける一方、夕方から夜にかけての川辺は夕涼みをする人々でにぎわう。食べ物の屋台もたくさん出る。

花火が毎晩のように打ち上げられるのも、暑い季節ならではのことだ。おなつは去年、夏の終わりの花火を、おりょうと一緒に見物した。川面を渡る風が涼しくて心地よかった。

「そうだ、紺之丞さまも……」

暑い盛りを過ぎた頃なら、江戸の名所見物を楽しめるだろうか。

「おなつ、紺之丞がどうかしたか？」

「去年、江戸に来たばかりの頃のことを思い出していました。夏を乗り越えたら、きっと紺之丞さまも江戸にも馴染めますよ。あたしにもその手助けができればいいなと思います」

和之介は、まぶしいような目をして、かたじけないと言った。お武家さまらしい感謝の言葉だ。

おなつは和之介に笑ってみせながら、胸がちくちくと痛むのを感じていた。

紺之丞が大切にしていたという、約束。和之介がその話をしようとして、歯切れ悪く呑み込んだのは、一体なぜだったのか。

訊いてみるべきだ。いや、訊かないほうがいい？

おなつは迷った。迷いながらも黙っていた。

比呂助が、適当な船頭と話をつけてくると言って、颯爽と輪島屋を出ていった。その後ろ姿を目で追っていたら、夏の色をした揚羽蝶が一頭、戸口からふらりと迷い込んできた。

第三話　なすと素麵の煮物

一

七夕を翌日に控えた、七月六日の昼下がりのこと。

ふるさと横丁のお客さんで、呉服商瀬田屋のご隠居の五郎右衛門が、七夕飾りの笹を持ってきてくれた。

「ほれ、毎年お馴染みの、爺のお節介じゃ。皆の衆、七夕の笹だぞ。さあ、盛大に飾っておくれ」

瀬田屋は、日本橋の大伝馬町に凄まじいばかりの大店を構えている。今ではふるさと横丁名物の好々爺として知られる五郎右衛門だが、三、四十年前は笑顔の中にも眼光鋭く、いかにも抜け目のない商人だったという。

福々とした五郎右衛門の顔を見ると、おなつはいつも、七福神の恵比須さまを思い出す。

五郎右衛門も恵比須さまも、立派な福耳の持ち主だ。恵比須さまが釣竿と鯛を抱えているように、五郎右衛門もしょっちゅうお土産を抱えてふるさと横丁にやって来る。

七夕飾りの笹は、さすがに抱えて持ってくるわけにもいかず、大八車に積んだのを下男に牽かせて運んできた。

「おなつさんや、今年の七夕も晴れそうだぞ。織姫と彦星の逢瀬はかなうじゃろう。よかったのう。おなつさんは、ふるさと横丁の織姫だから、何とはなしにほっとしたのではないか?」

「そうですね。七夕祭りの夜が晴れるのは、素敵やと思います。笹をありがとうございます、五郎右衛門さま」

笹を受け取りながら、おなつは少し恥ずかしかった。

五郎右衛門は七十に迫る歳になっても物覚えがよく、ふるさと横丁の住人の素性を逐一きちんと把握している。

おなつが許婚の消息を確かめるために江戸へ来たことと、年に一度、冬から春先にかけてのほんの少しだけ一緒に過ごせるということも、五郎右衛門はすっかり覚えている。応援し、励ましてもくれる。

気に掛けてもらえること自体は、本当に嬉しい。でも、その反面、やっぱりくすぐったくて照れくさく、恥ずかしくもある。

五郎右衛門にもらった笹は立派なものだった。おせんは、表の軒を支える柱に笹を括りつけながら言った。

「七夕飾りはね、江戸ではなるたけ高く目立つように掲げるもんなんやよ。特に深川の芸者さんたちは、屋根より高く、もっと高くと競い合って笹飾りを立てるんや。長い竹竿の先に括りつけたりなんかしてね」

ふるさと横丁では、輪島屋のように、表の柱を支えにして笹飾りを立てている店が多い。

笹に飾るのは、鬼灯を数珠のように連ねたものや、色紙で作った吹き流し、詩歌や願い事を書いた短冊など。ほかにも、紙を切って色をつけて、硯と筆、西瓜、鼓やそろばん、大福帳なんかを模した飾りを作って笹に吊るす。

七夕の星祭りの夜に願えば、針仕事や字が上達するという。おなつも子供の頃は、字が上手になりますようにと熱心に願ったものだ。江戸ではお稽古事をしている子供が多いから、楽器の上達を願う声も聞こえてくる。

飾りつけをしながら、おなつは改めて思い出した。

「そうやわ。今日は七月六日。大綱引きの日やなかったけ」

輪島のことを頭に描くと、磯の香りに包まれる気がする。今の季節の輪島では、てんぐさを干すにおいがしているはずだ。それから、寄せる波の音と海鳥の声、お祭りと市のにぎわいを思い出す。

大綱引きは、住吉宮の大事な神事だ。豊作を司る上組か、豊漁を司る下組か。今年はどちらが勝つのだろうか。

「どっちも勝って、みんながゆとりのある暮らしを送れたらいいのになぁ」

そう願ってはみるものの、能登は山だらけだ。海のほうから見れば、急峻な崖か荒波の岩場だらけ。平たいところが少なくて、田畑を拓くのにも困難がつきまとう。米はあまり獲れない。麦も十分ではない。弁才船が輪島へ運んでくる荷のうち、特に多くて重たいのが、米と麦だ。

麦は、素麺作りの材料だ。輪島の素麺は、古くは「リントウ素麺」といった。戦国時代から京や大坂の人々に好まれていたという。

輪島素麵は、加賀藩のお殿さまへの献上品にも数えられている。昔は輪島で細々と作る麦で足りていたそうだが、今ではとてもまかなえない。麦をよそから仕入れて素麵を作り、弁才船に積んで日ノ本各地へ送り出す。輪島塗に次ぐ第二の名物が素麵なのだ。

海は季節ごとに気まぐれで、時には大荒れに荒れる。ひどい天気が続くときにもできる仕事があるのは素晴らしい。輪島においては、それが女衆の素麵作りであり、男衆の塗物である。

素麵といえば、七夕だ。由来は誰に訊いてもはっきりしないが、七夕に素麵を食べる習わしがある。ふるさと横丁の皆に尋ねたところ、おおよそ日ノ本全土にわたる習わしらしい。

もちろん、七夕に輪島屋で出すのは、輪島素麵だ。おなつもおせんも輪島にいた頃は素麵作りの手伝いに行っていた。きれいに束(たば)ねられた素麵を見ると、懐かしくなる。

ふと、通りのほうから、かわいらしい歌声と太鼓の音が聞こえてきた。

「小町踊りの子供たちやわ」

おなつは笹の飾りつけの手を止めた。味噌の仕込みをしていたおせんも、前掛けで手を拭いて、おなつと連れ立って通りに出る。

　江戸では七夕の前日には、小町踊りといって、おめかしをした幼い女の子たちが太鼓を叩きながら歌って通りを練り歩く。

　よそ者が多く、江戸の行事や習わしに疎（うと）いふるさと横丁にまでも、小町踊りの女の子たちは来てくれる。元気いっぱいの歌を聴いているだけで、何だか元気が湧いてくるものだ。

　おせんは、用意しておいた飴や水菓子を女の子たちに渡した。きゃあきゃあと喜んでくれる様子がまた愛らしい。

「土地にはそれぞれのお祭りがあるんやね」

　そっとつぶやいて、おなつはちょっと目を上げる。

　七夕飾りが、夕暮れ間近の風に泳いでいる。江戸っ子ほど高らかに掲げてはいないものの、軒を連ねる店先にずらりと笹飾りが並んでいるから、なかなか華やかだ。

　おなつは、その情景を目に焼きつける。

　本当は丹十郎のように絵が描けたらよいのだ。そうしたら、今ここで目にしている景色を、丹十郎にも故郷の両親にも見せてあげることができる。

あるいは、博識な叔父のように詩文が得意なら、江戸の七夕を詠むこともできるのだろう。その詩を手掛かりに景色を思い返して語ることもできるのだろう。

おなつには、どちらの才もない。

だから、じっと見つめて思い出に留める。聞き上手の丹十郎は、おなつの言葉をちゃんと待ってくれるから、拙いながらも伝えることができるはずだ。

ねえ、丹十郎さん。江戸の町場の七夕飾りは、みんな二階の屋根より高くに掲げてあるんやよ。きっと遠くからも見えるんでしょうね。ひょっとしたら、お城の人々もご覧になっとるかもしれんね。

でも、ふるさと横丁の七夕飾りは控えめやから、蝦夷地からはとても見えんでしょう。

そちらには、日ノ本と同じ暦があるんですか？　日付はわかりますか？　お月さんは出とりますか？

七夕は明日です。星祭りといって、織姫彦星をみんなして見上げます。

丹十郎さんも同じ星を見とるかもしれん。その望みを胸に、あたしも星を見上げます。

二

つやつやと黒光りするような、きれいな茄子(なす)が手に入った。

旬の茄子は甘い。出汁をたっぷりと吸わせたら、くしゅりとほぐれる歯ざわりとふくよかな味わいがたまらない。

煮びたしにする茄子には、包丁で細かな斜めの切り込みを連ねて入れていく。こうすると早く味が染みるし、見た目もちょっとだけ華やかになる。

「輪島屋のお菜は、まんで地味なもんが多いさけね。ちょっこしだけでも、工夫せんとね」

おせんはそんなふうに苦笑する。

けれど、地味とはいっても、見栄えが悪いなんてことはない。

おせんと七兵衛の包丁遣いは繊細だ。おせんが作る煮物の、茄子や芋や大根や人参(にんじん)なんかの切り口は、惚れ惚れするほど丁寧に仕上げてある。七兵衛が引いた刺身は、そんじょそこらの板前では太刀(たち)打ちできないくらいに、ぴしっと揃っていて盛りつけも美しい。

あたしももっとうまくならんと、と、おなつは思う。

茄子に入れる切り込みは、うっかり気を抜くと、幅がばらばらになる。深く切りすぎたら、煮ているうちにちぎれてしまう。それでは駄目だ。

料理はそれなりにできるつもりでいたけれど、お客さんにお出しするものとなると、また勝手が違う。なかなか納得のいく切り込みが入れられず、口がへの字になってしまった。

日々是精進、と時おり丹十郎がつぶやいていたのを思い出す。気になったことには何でもかんでも精を出してみるのが、丹十郎という人だ。おなつも精進を重ねなければならない。

「おせんさん、いしるを取ってきますね」

「お願いね」

おなつは、手鍋を持って蔵へ向かった。ふるさと横丁の面々が皆で使っている蔵だ。北へちょっと行ったところの道向かいの木戸をくぐって、裏手の路地を五間（約九メートル）ほど入ったところにある。

寒い地方の料理には、一年も二年もかけて、ひんやりした場所で寝かせたり漬け込んだりしておくものがある。ところが、江戸の台所では故郷のようにはいかない。夏の暑さにやられ、腐らせてしまう。

けれど、土壁の蔵の中は不思議だ。真夏でも肌寒いほどに涼しい。ふるさと横丁の北国料理のいくらかは、蔵の中で仕込まれる。

蔵のおかげで、輪島屋では、いしるを使った料理が作れる。

いしるというのは魚醬のことで、烏賊や鰯などのはらわたを塩に漬け込んで作る。ときどき搔き混ぜてやりながら、一年から二年ほども寝かせて、やっと出来上がるものだ。

おなつは去年の冬、おせんに教わりながら、新しいいしるの仕込みをした。そのときに、おせんの苦労話も聞かせてもらった。

「いしるもね、初めの頃は、輪島から船で運んでもらってとってん。江戸の言葉で言えば、東前船ってやつや。輪島で荷を積んで、奥州と蝦夷地の間を抜けて、東回りで江戸湊に入ってくる。今でも醬油はそうして運んでもらっとるけどね」

輪島には弁才船がある。船を持たない地方に比べると、故郷とのつながりが保たれているほうかもしれない。ふらりと船に乗って出稼ぎに行く者も、特に独り身の男には、案外いるものだ。

廻船の仕事で富を得た人が、よそへ出て商いを始めるときは、郷里の名前を屋号にすることが多い。輪島屋も然りだ。

そうすると、郷里の屋号を目印に、同郷の人々が集まってくる。懐かしい訛りで語り合う。助けが必要な者がいれば、誰かが手を差し伸べてくれる。

ふるさと横丁に蔵が建ったのも、醤油やいしる、漬物のために必要だろうというので、気前よくお金を出してくれる廻船問屋があったからだ。いろは屋と、七兵衛が昔世話になっていた店と、それ以外にも数軒あった。

瀬田屋の五郎右衛門も、蔵のために金を出してくれた一人だ。若い頃には呉服の仕入れのために日ノ本各地を巡り、その先々でいろんな人の世話になった。その恩を、ふるさと横丁で返したいという。

九州庵の店主でもある、長崎の薬種問屋の大おかみのお富祢も凄まじい。蔵でも大八車でも店でも長屋でも、ふるさと横丁に入り用の何かがあれば、仙術のようにぱっと用意してみせるのだ。

江戸という町は、輪島と違ってとても大きくて、人が大勢住んでいる。恐ろしいところかもしれないと、おなつは初めの頃、心のどこかで怯えていた。

身構えすぎとったんやわ、と、今になっておなつは思う。

もちろん、生まれたときから顔馴染みばかりだった輪島とは、暮らし向きから何から、違うところだらけだ。いまだに言葉が聞き取れなかったり、自分の訛りが気になって口ごもったりもする。

けれど、故郷を離れているからこそ、助け合える人たちと出会えた。その人たちに守られながら暮らしている。

だから、少し寂しいときがあっても、恐ろしくはない。ここでやっていけるという気概が、おなつの胸に宿っている。

茄子を煮るときは、烏賊のいしるがいい。大根は鰯のいしるだ。

いしるには、塩味と滋味と海の風味が混じり合っている。大豆からつくる醤油に比べると、海の生き物のにおいがつんとくる。慣れない人にとっては、生ぐさく感じられるかもしれない。

漁師町育ちの長吉は、いしるは飯にも酒にも合ってうまいと喜ぶ。一方で、あまり酒が強くない比呂助は、初めはくさみが気になるようだった。

いしるをめっぽう気に入ってくれたのは、長崎育ちのおりょうだ。

「このにおいと味にも、あたしはすっかり慣れたよ。むしろ癖になるね。やめらんないわ。輪島屋の料理は、九州の焼酎にも合うんだよね」

長崎もまた湊の町で、海の幸には馴染みが深い。おりょうは、見知らぬものには好奇心を剝き出しにする。よその地方の珍しい料理も好き嫌いせずに食べる。

それで、おりょうがふと気づいて助言してくれたことがあった。

「いしるの料理は、冷ましたほうが食べやすいかもしれない。においってものは、湯気が立ってるときのほうが強く感じられるからさ」

「言われてみれば、そうかもしれんね」

「薩摩の芋焼酎も同じなのよ。お湯割りはにおいがつーんときて、あたしにとっちゃこれがまたおいしいんだけど、苦手な人も多いんだ。おなっちゃんには、冷ました焼酎のほうがおすすめ」

「の、飲めないよ。焼酎もお酒も、ちょっと怖い」

おなつが尻込みしてしまうのは、丹十郎の言葉が忘れられないせいかもしれない。

「少なくとも数日の間は湊におられるとわかっとるときしか、酒は飲まん。俺たちの船はそういう約束になっとるんや。船の上で飲むなんて、決してあってはならんことやから。酔って海に落ちたり、喧嘩沙汰になったりしたら、目も当てられんし」

板子一枚の下は地獄、といわれる弁才船だ。酒の上のちょっとした失態も、陸とは雲泥の差で危ない。命取りになるのならば飲まない、というのも道理だ。

おなつが蔵から烏賊のいしるを取って、輪島屋に戻ろうとしたときだ。

ふるさと横丁の通りが、妙にざわついていた。

「どうしたのかしら」

伸び上がってみると、おりょうが先導し、幾人かの男たちが大八車を牽いてくるのが見えた。大八車に乗せられているのは荷物ではなく、どうやら人であるらしい。

おりょうがおなつを見つけ、手を上げて合図した。

「ちょうどよかった！　おなっちゃん、頼みたいことがあるんだ。輪島屋さんの前にこの人を連れてくから、おせんさんと七兵衛さんを呼んできて」

おなつはわけがわからないまま、こくりとうなずいて輪島屋に駆け込んだ。

三

おなつは、おせんの肩の後ろから、そっとのぞき込んだ。

大八車の荷台で人の手を借りて体を起こしたのは、大柄な若者だ。歳はおなつと変わらないくらいだろう。力士のように立派な体つきをしているが、顔色が悪い。腫れぼったいまぶたや目の下など、くすんだ色になっている。

七兵衛が顔を曇らせて、若者に声を掛けた。

「どうしたんだい？　ひでえ顔色をしてるが、何か患っているのか？」

ふるさと横丁には時おり、病や老いのために歩けなくなったお客さんが担ぎ込まれる。最期に一口だけでいいから故郷の料理を味わいたい、という望みのためにやって来るのだ。

そういうわけで七兵衛も顔を強張らせてしまったようだが、おりょうは明るい調子で笑い飛ばした。

「確かに病ではあるんだけど、そんなに重くもないから大丈夫ですよ」

「あたしの診立てを信じてくださいってば。この数日は寝込んでて、ろくに食べられずにいたそうですけど、もともとずいぶん頑丈みたいで、さほど弱ってもいません。輪島屋さんで預かってもらえたら、すぐ起きて働けるようになるはずです」

「うちで預かる？」

「そう。この人から話を聞いた感じだと、輪島屋さんがいちばんいいんですよね。この人は平八さんといって、深川木場町の材木問屋で人足として働いてたんだそうです。今年で二年目って言ってたっけ？」

　おりょうに水を向けられ、平八は弱々しい声を上げた。

「へい、江戸に出てきて二年目になります。仕事も覚えてきたところだったんですが、今年に入ってから、だんだん体が言うことを聞かなくなってきて、先月あたりから本当にまずい。今じゃもう、駄目なんです」

　七兵衛が平八に問うた。

「駄目ってのは、どんなふうなんだ？　痛いのか？　苦しいのか？」

「脚がじわじわ痛んで、無理して立ってもふらつきます。こんなんじゃ、材木運びなんぞできません」

「そりゃあ、つらいな」

「店の旦那さんも心配してくれて、半月ほど面倒を見てもらいましたが、ちっとも治らねえんで、とうとう暇を出されました。ためた金も全部、薬のために使っちまった。俺、どこにも行くあてがありません。もう、どうすりゃいいのか」

「気の毒なことだ。俺も昔、体が頑丈で力が強いのが自慢だったが、脚を怪我しちまってな。それで船を降りることになった。動けねえってのは、つらいよなあ」

「つらいです。俺、地元にいた頃は、相撲で負け知らずだったんですよ。がきの頃から兄貴たちよりでかくて、力も強くて。それなのに、今は、ろくに起き上がることもできねえんです」

先ほどから七兵衛と平八のやり取りを聞いていたおせんが口を開いた。

「ねえ、平八さん。あんた、もしかして能登の人かい？　江戸の言葉をしゃべってても、訛りがある。それ、能登の訛りじゃないのかい？」

おせんの言う訛りというのは、ゆすり調と呼ばれる独特の調子のことだ。うねる波のような上がり下がりが、話す言葉の中におのずと生まれる。

ゆすり調は北陸一円の言葉の特徴だというが、地方ごとに少しずつ違う。おなつもおせんと同じように、能登のゆすりの調子を何となく聞き分けられる。だから、おなつも平八の言葉に、ひょっとしてと感じていた。

平八がおずおずと微笑んだ。

「生まれは越中の氷見です。でも、市に行くとかでちょいと足を延ばす先は、同じ越中の伏木よりも、能登の七尾ばっかりでした。うちは漁師で、冬だけは鰤漁が忙しいんですが、暮らしはかつかつでした。俺は兄弟の中で八番目で、家にゃ仕事がねえ。しかも人より大食らいなもんで、江戸で働くことにしたんです」

ああ、と、おせんと七兵衛が同時に唸った。

「なるほど、氷見なんやねえ」

「弁才船に乗っとった頃は、氷見の船宿にも世話になったぞ。塩っ辛い温泉にも入った」

おりょうがおなつの隣に来て、首をかしげた。

「ありゃ？　能登のあたりの漁師の息子だって聞いたから輪島屋さんに連れてきたんだけど、氷見ってところは、輪島から遠いの？」

おなつは左手の親指を軽く曲げてみせた。海に突き出た能登の形は、左手の親指と似ているのだ。

「輪島は爪の付け根のあたり。氷見は手のひら側の、指の付け根のところ。手の甲側は外浦といって、輪島も含まれるんやけど、波がまんで荒いの。逆に手のひら側の内浦は穏やかな湾で、氷見の沖はその中でも一番の漁場なんだって」

外浦の荒波に揉まれる魚は身が引き締まる。あるいは、過酷な中で泳がねばならず、げっそり痩せてしまうとも言える。

一方、内浦に入ってくる魚は、脂がのって肥えている。特に冬場の鰤は有名で、金沢のお城にも、飛騨高山の山並みを越えて信州の松本までも、正月の祝い料理のために運ばれる。

外浦と内浦の違いといえば、さざえの殻もそうだ。おなつが見慣れている外浦のさざえの殻は、角が大きく尖っている。激しい潮の流れに抗うために、岩の間に引っかかって突っ張れるよう、角を長く伸ばすのだ。内浦のさざえは、もっとまろやかな形をしている。

おりょうは、おなつの左手の親指の付け根を、ちょんとつついた。

「そっか。氷見はここか。輪島からはちょっと離れてるんだ」

「でも、江戸や長崎ほどは遠くないよ」

「そうだよね。だからやっぱり、ほかの店より輪島屋さんがいちばん近いから、いいと思うんだ。あのね、平八さんの病は、江戸わずらいってやつなんだよ」

「江戸わずらいは、田舎から江戸に出てきた人がかかる病だよね？」

「そう。体がむくんだり、疲れが取れなくなったり、食欲が落ちたり、手足がしびれたり、立ち上がってもふらついたりする。病が重くなれば、起き上がれなくなる。いずれは心ノ臓まで止まっちまう。早めに手を打たなけりゃならないんだわ」

「手を打つって、どうするの？」

おりょうは、眼鏡越しににんまり笑った。

「ふるさとと横丁の住人にとっちゃ簡単よ。田舎に住んでた頃の食事に戻せばいい。人の体は、食べたものでできてるんだからね。江戸の食事で病が起こったんなら、田舎の食事が薬になる。平八さんに輪島屋の賄いを食べさせてやってよ」

おなつはちょっと慌てた。おせんを振り向くと、やはり目を丸くしている。おなつは声を落としておりょうに言った。

「輪島屋の賄いは、白いお米じゃないんだよ。安く売ってもらった粟とか黍なんかに、煮物にした大根や芋の切れっぱしや、人参の皮の刻んだのや、ほかにも青菜の屑とか、そういうのを混ぜ込んで炊くの」

「うんうん、それがいいんだよ」

「本当に？」

「五行説って知ってる？ 世の中のすべては、木火土金水の五つが調和を保ってるのがいいんだけど、それは食べ物にも当てはまる。茶碗一杯の白いご飯より、いろいろ混ぜ込んだ糅飯のほうが、体内の五行の調和に役立つんだ」

「そ、そうなの？」

「そうなの。あとねえ、あたしは、輪島屋さんの出し殻で作るお菜も好き。こんかいわしの端っこが入ったやつね。あれもすごくいいよ。平八さんにとっては薬になるはずだわ」

出汁をとった後の昆布や鰹節、飛魚の煮干しを刻んで、こんかいわしの頭や尻尾のあたりを叩いたのと一緒に煮るのだ。

お客さんに出せるものではないが、あのお菜を、おりょうは妙に気に入っている。

焼酎の肴に作ってくれと、わざわざ言ってきたりもする。

「本当に輪島屋の賄いを食べさせるのが江戸わずらいの薬になるの？」

「なるんだってば。ああ、そうだ、あれもおいしいのよね。烏賊のからすとんびをあぶったやつ」

「からすとんびって、めがらすのこと？」

「そうそう、めがらすだ。能登ではそう呼ぶんだっけ」

めがらすは、烏賊の足の付け根の真ん中にある「くちばし」周辺のことだ。丸い形で、こりこりとした歯ざわりをしている。いしるで煮たり、それを網でさっと焼いたりして食べるのだ。烏賊を自分で捌くのでなければ、そんなものが食べられるとも知らないだろう。

平八が急に大きな声を上げた。

「めがらす、江戸でも食べられるがですか？」

顔色が悪い中、目の輝きが変わった。食欲は失せていないようだ。それとも、めがらすと聞いたおかげで食欲が戻ってきたのか。

おりょうが七兵衛に言った。

「七兵衛さんは、力仕事のできる男手がほしいって、前から言ってたでしょ。輪島屋さんで平八さんを雇ったらどう？　九州庵にも男手が入ったところだけど、やっぱり、いてくれると助かるよ」

おりょうは、ねえ、と言って大八車の牽き手のほうを振り向いた。牽き手の一人、百合之介（ゆりのすけ）が黙って会釈した。

百合之介は、人形のように整った顔立ちの、ひどく無口な男だ。正月に九州庵の前で行き倒れていたのを、おりょうが拾って食事を与えた。以来、百合之介は九州庵に居着いている。男としては華奢（きゃしゃ）で、力持ちとはいえないが、仕事ぶりはまじめだ。

七兵衛は、うむ、と唸（うな）った。

「確かに、男手が来てくれると、うちも助かるが……」

「じゃ、平八さんの面倒を見てあげてくださいよ。病のほうは、ひと月もすれば落ち着くはずです。輪島屋さんの賄いをちゃんと食べ続ければね」

「本当にそれだけで病を治せるのか？　俺たちは、薬膳だの医術だのはまったくわからん。それでも、この病を治してやれるのか？」

念を押す七兵衛に、おりょうは胸を張って答えた。

「治せます。この手の江戸わずらいだけは、治し方がはっきりわかってるんです。だってね、患者に訊いてみると、決まって同じ話をするんですよ。みんな、田舎から出稼ぎに来たっていう人たちなんだけど」

「同じ話ってのは、何だ」

「江戸では三度の食事に白いおまんまが出るのが嬉しくてたまらない、白いおまんまがうまいんで食べ続けちまったって。真っ白なお米ばっかり食べ続けること。それが江戸わずらいの引き金なんだわ」

「平八さんもそうなのか？」

「そうなんでしょ？」

七兵衛とおりょうに問われ、平八は、そのとおりです、と答えた。

「氷見にいた頃、五番目の兄貴に言われたんですよ。江戸では三食、白い飯が食い放題だぞって。それにつられて、俺は江戸に出ようって決めたんです。それなのに、白い飯が病の引き金だと言われるなんて……あんなにうまいのに……」

平八の声は、今にも泣きだしそうに震えていた。おりょうが呆れ顔をする。

「白い飯が毒ってわけじゃあないの。白い飯だけをばくばく食べ続けて、お菜もろくに口にしない。それがまずいって言ってんの」

おせんは七兵衛の背中をぽんと叩いた。

「ねえ、あんた、決まりやよね。平八さんの病を治す手助けをして、元気になったら、うちで働いてもらう。漁師の息子なら、魚の目利きも頼りになるやろうし」

平八は情けない声で言った。

「魚の目利きと、力が強いのだけは、昔から自信があります。病が治ったら何でもしますんで、どうかここに置いてください。ほかに行くあてがないんです。ご恩は必ず返しますから」

後生です、と頭を下げようとして、平八はぐらりと倒れかかった。おせんと百合之介が慌てて支えてやる。

七兵衛がおりょうに告げた。

「平八さんの養生は、うちで引き受けることにするよ。賄いを食わせてやりゃいいんだな。ひとまず、裏の長屋の空き部屋に担ぎ込んじゃどうだ？　店賃はうちで持つ。それから、布団だの何だのを調達してやらんとな」

裏の長屋の家主は、九州庵の主のお富祢である。平八を長屋に住まわせるのは、おりょうも初めからそのつもりだったようだ。

「そうこなくっちゃ。お富祢さまには、もう話をつけてありますよ。布団のほうも任せといてください。じゃ、平八さんはこのまま大八車で連れていきますね」

「頼んだぞ。こっちも店の様子を見ながら、ちょくちょく顔を出しに行く」

「お願いします。さあ、みんな行くよ」

おりょうは男たちに号令をかけ、長屋を目指していった。

おなつは大八車を見送って、ほう、と息をついた。

「人の体は、食べたものでできとる。平八さんの病を、あたしたちが作る料理で治すんやわ」

四

おなつはその日、輪島屋と裏の長屋を行ったり来たりすることになった。

長屋は、ふるさと横丁で働く者たちの住まいだ。そのため、実に安直に、ふるさと長屋と呼ばれている。

部屋の間取りは九尺二間、つまり間口が九尺（約二・七メートル）で、奥行きが二間（約三・六メートル）の造りだ。六部屋が横並びになった棟が二つ、向かい合わせに建っている。江戸ではありふれた造りの裏長屋だ。

引戸を開けて入ったら、広さ二畳ぶんの土間があって、竈と流しが造りつけられている。履物を脱いで上がったところは四畳半。家主のお富祢の計らいで、どの部屋にも新しい畳が敷かれている。

おなつは、平八の部屋の戸をそっと開けた。

「ごめんください。昼餉を届けに来ましたよ」

体の大きな平八が横になっていると、行李ひとつ置かれていなくても、四畳半の部屋はすでに窮屈だ。

平八の昼餉は雑穀の雑炊と、青菜の切れっぱしと出し殻の昆布を刻んで梅干しで和えたのと、形が崩れてしまった茄子のいしる煮だ。

「ありがとうございます、おなつさん」

平八は無理やり体を起こして、おなつを迎えた。しかし、足腰が萎えており、座っているだけでも体がぐらぐらする。立って歩くのはおぼつかない。一人で厠に行くのも危なっかしいため、百合之介がつきっきりで世話をしている。

「百合之介さんは、この隣の部屋に住んでるんですよね？」

おなつが問うと、百合之介はこくりとうなずいた。うん、と吐息のような声が聞こえた。じいっと見つめて話を促してくるので、おなつは慌てて続きの言葉を口にする。

「あたし、おりょうさんから、百合之介さんのぶんの昼餉も出してあげるよう頼まれとるんです。百合之介さんも、いしるの味やにおいは大丈夫でしたよね？」

こくりとうなずいた後、百合之介は、おりょうと同じことを言った。

「慣れたし、むしろ癖になった。九州の焼酎にも合う」

確か百合之介のほうがおりょうより年上だ。しかし、日頃の様子を見ていると、しっかり者のおりょうが姉で、百合之介は素直な弟のようだ。

「百合之介さんには、お客さんに出しとるのと同じ素麵の料理の、いしるの味つけのほうを持ってきますね。切り込みを入れた茄子と、湯がいた輪島素麵を、いしるとみりんの味つけで煮含めました。えっと、茄子も大丈夫？」

百合之介はまた、こくりとうなずいた。

部屋から出てみると、長屋の井戸のそばにも七夕の笹飾りが立てられていた。乾いた笹の葉は、厳しい暑さの中、濃く青い空を背にさらさらと音を立てている。

今日の輪島屋では、お客さんの入りはだらだらとしたものだった。

「七夕祭りの集まりでも開かれとるんかなぁ」

おなつは、少し遅めの昼餉でひと息つきながらつぶやいた。お客さんのいない店内で、床几に腰掛けている。手持ち無沙汰だ。

おせんは二階へ上がっていった。干していた洗濯物を片づけているはずだ。七兵衛は、ふるさと長屋の家主であるお富祢を訪ねていった。平八の借りる部屋の話を詰めるついでに、昼酒をともにしているのかもしれない。

どこからか風鈴の音が聞こえてくる。これは金物の風鈴の音だ。りぃん、と高く澄んでよく響く。九州庵の戸口の風鈴は、長崎らしいビードロ細工だ。ちりちり、と、さえずるように小さな音を立てる。

昨日、叔父の和之介から文が届いた。

加賀藩の御算用者として上屋敷に詰める和之介は、七夕のような年中行事のたびに忙しいらしい。

上屋敷には、前田のお殿さまのご正室とお子さまがお住まいになっている。そうしたかたがたにとって、季節の移り変わりとともにおこなわれる儀礼や催し（もよお）は、大切なお勤めなのだ。

和之介は、行事や催しに関わる財務に追われているらしい。紺之丞はその補佐の一人だが、お役に就いてまだ三年ほど。歳も十六で、役所の中では最も若い。ゆえに、あまり重い仕事は割り振られていない。

日頃は目も合わせない和之介と紺之丞も、勤めの上ではきちんとやり取りができているらしい。事情を知る朋輩（ほうばい）は、二人の様子にはらはらしてしまうそうだが。

「難しいんやね」

おなつは家族仲がよい。丹十郎のところもだ。だから、和之介と紺之丞の立場や気持ちをうまく推し量（はか）れずにいる。

ふと、戸口の葦簀のつくる日陰の中に、袴姿の人影が立った。男としては華奢な、二本差しの姿だ。

おなつは思わず立ち上がった。

「紺之丞さま？」

果たして、のれんをくぐって入ってきたのは紺之丞だった。噂をすれば影が差す、というものだろうか。思い描いていたら、本人が現れたのだ。

紺之丞が日除けの編笠（あみがさ）を外すと、つややかな額や月代（さかやき）から汗が流れ落ちた。おなつを睨みつけるようにして、ぼそりと言う。

「麦湯を所望する。それから、適当な昼餉も」

「は、はい、すぐお持ちします。どうぞお座りください。床几でも、小上がりでも。あ、この床几がいちばん涼しいですよ。ここが風の通り道なんです」

おなつは、今まで腰掛けていた床几を勧めた。紺之丞は黙ってこちらへやって来て、おなつの指し示した床几に腰を下ろした。

台所に引っ込んで、昼餉の支度をする。はたと気づいて、取って返して紺之丞に尋ねた。

「紺之丞さま、いしるは食べたことがありますか？」

眉間に皺を寄せた紺之丞は、かぶりを振った。

「金沢の料理が食べたい」

そう言われると、ちょっと困ってしまう。

「この店のお醤油は、輪島から運んできたものなんです。お味噌はおせんさんがつくってます。だからきっと、どちらも、紺之丞さまのおうちのものとは違うと思いますよ」

　紺之丞はまたかぶりを振った。いらいらした口調で言い募る。

「それでも、江戸の料理よりはいい。今日は七夕で、上屋敷ではごちそうが出るらしいんだが、抜け出してきた。江戸の料理は疲れるんだ」

「疲れる？　お口に合わない、ということですか？」

「合わない。上屋敷の長屋で食事をするのがつらい。米は自分で炊いて、おかずは煮売屋から買っている。この半月ほどは辛抱して食べていたが、もう嫌だ。ちっともうまいと思えない。しかも、口の中に出来物までできてしまった」

「出来物？　痛みますか？　お醤油がしみてしまうかも」

「鬱陶しいだけだ。別に痛いわけではない。腹が減っている。でも、食べたいものがない。上屋敷の長屋にいたら、米すら自分で炊かないといけないのが億劫だ。もう何も食べたくない。だけど、空腹なんだ」

　紺之丞は訴えながら、どんどんうつむいていってしまう。まつげの長さが際立つ。

上唇の、尖っているのに柔らかそうな形。頬がいくぶん丸い。形のよい額越しに見ると、あどけない顔立ちをしている。

まだ十六なのだ。元服して働いているお武家さまとはいっても、おなつより三つも年下。気を張ってみせているが、故郷を遠く離れて、心細いに違いない。江戸で口の中の出来物は、平八を苦しめている江戸わずらいの仲間かもしれない。江戸で食べているものが体に合わなくて、病を引き起こしてしまったのではないか。

おなつは、おりょうが食べ物の五行説について語っていたのを思い出した。体内の五行の調和が崩れると、病が起こってしまう。食べ物はその五行の調和を崩す原因にもなるが、逆に、食べ物によって整えることもできる。

人の体は、食べたものでできているのだ。

おなつは紺之丞の前にかがんで、伏せられたまなざしを拾い上げた。

「紺之丞さま、今日は七夕だから、素麺のお料理です。輪島素麺ですよ。その素麺と茄子をお醬油とみりんの味つけで煮たのをお出ししようと思いますけれど、お嫌いではありませんか?」

上目遣いで、ちらりと、紺之丞はおなつを見た。

「茄子は好きだ。素麵も。でも、薬味はいらない」

「わかりました。卵がありますから、出汁を加えて、少し甘くして、焼いてきますね。それから、金時草の酢の物も作ります。待っとってください。いいですか？」

紺之丞がうなずいたので、おなつは台所に戻った。麦湯だけはすぐ紺之丞に出してあげて、料理に取りかかる。

大きくなっても、料理の好みはこんちゃんの頃のままなのだ、と思った。

茄子も金時草もえぐみや苦みがちょっとあるのに、幼かった紺之丞は思いのほかよく食べた。好物は、甘みを加えて焼いた卵だった。

出来上がった昼餉のお盆を紺之丞のそばに置き、そのままおなつが台所に戻ろうとすると、待て、と紺之丞が言った。

「待て」

「何でしょう？」

「その……急ぎの仕事でもあるのか？」

「いいえ、今は特には。今日は七夕だからか、お客さんがよそへ行っているみたいで、のんびりしているんです」

紺之丞がおなつを見上げた。が、すぐにぷいとそっぽを向く。

「私の目の届くところにいろ。台所なんかにいたら、客が入ってきたとき、私が困る」

なるほど、と、おなつは応じた。

台所にいても、よほど鍋に見入っているとかでない限り、お客さんが入ってくるのはわかるものだ。でも、紺之丞が求めているのは、そういう答えではないだろう。

おなつは、紺之丞の隣の床几を、手のひらでぽんと叩いた。

「それじゃあ、あたしはここに座って、ちょっと針仕事をさせてもらいますね」

「……勝手にしろ」

そう答えた紺之丞の口元は、かすかではあるが、柔らかにほころんでいた。

おなつは、さっと二階に上がって、針仕事の道具を取ってきた。平八のために前掛けを縫ってやろうと、さっき思いついたのだ。

七兵衛はがっしりして厚みがあるが、平八はさらに屈強な体つきに見えた。背丈もずいぶんあるはずだ。

あちこち擦り切れた浴衣が古着屋で安く売られていたので、何かに使えるかもしれないと思って、買ってきていた。藍色の地に、亀甲文様が白く染め抜かれている。これをほどいて、擦り切れたところを上手に継ぎ接ぎしていけば、男物の前掛けひとつくらい縫えるだろう。

針を動かしながら、おなつは時おり、紺之丞の様子もうかがっている。紺之丞もまた、おなつのほうをちらちら気にしているようだった。

それで、あるときいきなり目が合った。

むっとした顔の紺之丞は、おなつの手元を指差した。

「何を縫っているんだ？」

「前掛けですよ」

「おまえが使うのか？」

「いいえ、新しく輪島屋で働くことが決まった人がいて、その人に使ってもらおうと思って。まずは病を治さないといけないから、すぐに必要というわけじゃないんですけど。あら、もう召し上がりました？」

「食べた」

「お代わりは？」

「いらない。十分だ。その……ごちそう、さま……」

おなつは微笑んだ。

「お粗末さまでした」

おなつは針仕事の手を止めて、空いた器の載るお盆を台所に下げた。今日は西瓜がある。暑さで食の進まないお客さんにはおかずの一品として振る舞おうと、七兵衛が買ってきたのだ。

真っ赤に熟れた西瓜を紺之丞に出したら、食べてくれるだろうか。

と、そこで、はたと思い出した。

西瓜を食べたら顔も手もべたべたになるから嫌だ、と、幼い頃の紺之丞はむくれていた。でも、西瓜の味は好きなのだ。べたべたを我慢するか、食べるのを我慢するか。ふくふくした唇を尖らせて、こんちゃんは悩んでいた。

今でも、西瓜のべたべたは嫌いなんかなぁ。

おなつは思い出にひたりながら、西瓜を一口大に切り分けた。ざっと種も除いて、皿に盛り、楊枝を刺して、紺之丞のもとへ持っていく。

「西瓜ですよ。どうぞお上がりください」

紺之丞は、ぱっと目を輝かせた後、とりつくろうように、しかめっ面をした。

「おまえの店では、西瓜をいちいちこんなふうに切って客に出すのか？」

「いいえ、紺之丞さまだけですよ。幼い頃、西瓜にかぶりつくのが苦手だったでしょう？」

「子供扱いをするな」

とげのあることを言いながらも、紺之丞は楊枝の刺さった西瓜をぱくりと口に含んだ。

くすり、と笑ってしまう。だんだんわかってきた。こんちゃんは、やっぱり、かわいらしい男の子だ。

「何を笑っている？」

「大したことじゃありません。西瓜、おいしいでしょう？　よく熟れたのを選んできてもらったんです」

江戸には甘いものがいろいろある。通りを歩いてみれば、菓子屋が多いことに驚かされたし、季節ごとの水菓子も豊富だ。

「おまえは食べないのか？」

「こちらは紺之丞さまのぶんです。すべて召し上がってください」

紺之丞は手を止めたが、楊枝は一本しかない。結局、再び自分の口に運ぶ。最後の一切れを口に放り込み、呑み込んで、紺之丞は低い声でおなつに問うた。

「この頃、父上がおまえに文を寄越しているんだろう？」

「ええ」

「どんなことが書いてあるんだ？」

「大したことではありませんよ。上屋敷に咲いているお花のこととか、本郷や上野を歩き回ってみただとか。紺之丞さま、どうしてそれを知ってるんです？　叔父さまから聞きました？」

「御算用場の皆が知ってることだ。姪が同じ江戸にいるのにお役目が忙しくて会えないなどと、父上がしょっちゅう愚痴をこぼしているからな。父上の朋輩も、深川にふるさと横丁があるというのに興味を示していたぞ。食事には皆、苦労している」

「もっと近ければ、お力になれるかもしれないけれど、ちょっと離れていますものね。叔父さまも毎度、顔を見に行けなくて面目ない、なんて文に書いてくださるんです。

文をいただくだけでも、あたしは嬉しいのに」

「嬉しいというのは、父上からの文だからか？　わ……私は、どうなのだ？　文を、書いたら……」

おなつは目をぱちぱちさせた。思いがけないことを尋ねてくるものだ。

「紺之丞さまも文をくださるんですか？　いただけるなら、もちろん嬉しいですよ。あたしはうまくお返事を書けませんけれど、それでもかまいませんか？」

文のやり取りの礼儀作法は、武家育ちの母にひととおり教わった。だが、わからないことがあれば母に訊けばいい、などと考えていたせいで、いざ一人で筆を執るとなると、自信がまったくない。

紺之丞がむきになったような口調で言った。

「どんな返事でもいい。作法どおりに書きたいのなら、私が教えてやる。おまえは武家の血を引く娘だ。それなのに、筆を執るのを億劫がってはいけないだろう？」

「そうですね。武家の血はともかく、誰かに宛ててお便りを書くのを疎んじるのはいけませんよね」

つい、まなざしが壁の絵を求めてしまう。

輪島のお祭りを描いた絵だ。白黒の濃淡だけなのに、明々として華やかな絵。あんなふうに心を絵に表せるなら、自信を持って筆を執ることができるのに。

おなつのまなざしを追いかけて、紺之丞が掛軸の絵を見た。

「誰が描いた絵だ？」

どう答えるべきか、迷った。いくつかの言葉を呑み込んだ挙句(あげく)、その名前だけを告げた。

「丹十郎さんという人です」

ああ、と紺之丞が唸った。おなつのほうを見ない。掛軸の絵を、穴が開きそうなほど強い目で見据えている。

「……こういう絵を描く男なのか……」

絞り出された言葉に、おなつは戸惑った。親しみの込められた響きではなかった。むしろ、憎しみさえ込められているかのようだった。

なぜ？

「紺之丞さまは、ひょっとして、丹十郎さんのことをご存じなんですか？」

「知らないわけがないだろう」

ぎしぎしと軋む音が立ちそうな動きで、紺之丞はおなつのほうへ向き直った。幼さと鋭さの入り交じった風貌は、いわく言いがたい表情に歪められている。

おなつを睨みつけている、わけではない。

泣きだしてしまう、一歩手前。そんなふうに見えた。

紺之丞はぽつりと言った。

「おなつの嘘つき」

えっ、と、おなつは息を呑んだ。

紺之丞はすごい勢いで袂の財布から銭を取り出し、昼餉のお代ぴったりの額を床几に叩きつけて、座を立った。そして、日除けの笠を引き下ろし、すっかり顔を隠して、輪島屋を出ていった。

あっという間の出来事だった。

「嘘つきって……どういうこと？」

おなつは戸惑って立ち尽くした。

心当たりは、ないわけではない。思い出の中の約束だ――大きくなったら、なつ姉と一緒に金沢に住みたいの。輪島がどんなに遠くても、迎えに行ってあげるからね。

あどけないこんちゃんに、おなつは何と答えただろう？

「覚えとらんよ……」

でも、あの頃にはもう、おなつの心には丹十郎がいた。三つ年上の優しくて絵の上手な丹十郎に、淡い恋心を抱いていた。

金沢で過ごした半年あまりの日々は楽しかったが、ただ一点、丹十郎と会えないことだけが寂しくて悲しかった。

そのことは、こんちゃんには秘密にしていた。丹十郎のことを打ち明けたら、こんちゃんに嫌われてしまうような気がした。だから黙っていた。

「あたし、ずるい子やったん……？」

都合のいいことだけ覚えている。

手負いの獣のように牙を剝く紺之丞をいちばん傷つけてきたのは、ひょっとすると、おなつなのかもしれない。

おなつの嘘つき、という紺之丞の声が、耳にこびりついて離れなかった。

五

江戸の暮らしの中で驚くことはたびたびあるが、引っ越しもその一つだ。独り身の者が長屋へ引っ越すときなど、本当に、あっという間に片づいてしまう。

おりょうが先導する大八車は、病身の平八をふるさと長屋の部屋の前で降ろした後、取って返してどこかへ向かっていった。

次に戻ってきたのは夕刻だった。空っぽだった大八車には、布団だの茶碗だの湯呑だの、平八の大きな体に合いそうな着物だの、当面の暮らしに入り用なものが積まれていた。

「これ、どうやって調達したの？」

おなつが目を丸くすると、おりょうは軽やかに笑ってのけた。

「着物は古着屋で買ってきた。布団なんかは、質屋から借りてきたんだよ」

「質屋って、ものを預けて、その代わりにお金を借りるんでしょう？　預けたものを請け出すときには、必要な額のお金を払う仕組みよね？」

「もともとはそれが質屋の商いだけどね。江戸では、損料貸しっていって、質屋で預かったきりになってる品を、必要な人に安く貸す仕組みがあるんだ。平八さんの布団や茶碗なんかは、とりあえず、ひと月の期限で借りてきた」

「へえ。使い勝手がいいんだね」

「江戸の町場の建物は手狭で、人が暮らすだけでぎりぎりでしょ。物はあまり置けない。使わない物は質屋に預けちまう。質屋が蔵の代わりってわけ。それで、質屋に置かれっぱなしの物は、もったいないから必要な人が借りていく」

平八の部屋におとないを入れると、百合之介が戸を開けてくれた。

おりょうの姿に、百合之介はわずかに目元を和らげた。それだけで、整いすぎた顔が人形やお面ではなく、生身の人間らしさを帯びる。

「百合さん、お疲れさまだね。変わったことはなかった?」

「なかった」

平八はうとうとしていたようだが、おりょうの声を聞きつけて目を開け、無理やり上体を起こした。

「何から何までお世話になります」

「かしこまらなくていいよ。布団だの何だのを調達してきたから、運び込むね」

おりょうの合図で、大八車を牽いてきた男ふたりが荷物を部屋まで持ってきた。二人とも、平八が前に働いていた材木問屋の人足仲間だそうだ。

「平八っちゃんのことが心配だったけど、ここなら大丈夫だろう。次からは輪島屋に顔を見に来ればいいんだな？」

そんなふうに確認して、二人はふるさと長屋を後にした。

おなつとおりょうも、夕餉を後で届けることを約束して、平八の部屋を辞した。百合之介は引き続き、平八のそばに詰めておくらしい。

空が次第に暗くなってきた。半分の月が白々と輝いている。

我知らず、おなつはため息をついてしまった。紺之丞のことで胸の中が掻き乱されている。

「おなっちゃん、何か疲れてない？」

おりょうに顔をのぞき込まれ、おなつは慌てて笑みを浮かべてみせた。

「な、何でもないよ」

「ごまかすのが、かえって怪しい。何かあった？　変な客につきまとわれたとかじゃないわよね？」

「そういうのじゃないよ。お客さんは、あの……従弟が来てくれたの」

「従弟って、あの賢そうなお武家さんの？」

先月、紺之丞が和之介に連れられてきたときに、おりょうも紺之丞と会っている。紺之丞が一人、涼しい裏庭で昼餉を食べていたところへ、おりょうが声を掛けたのだ。

あのときはひやひやした。気難しい紺之丞がおりょうに対して怒りだすのではないかと思った。おなつが急いで間に入り、おりょうがずばずばとしたことを言う前に、事なきを得たのだが。

「従弟は、昔は素直でかわいい子だったけど、何だか変わっちゃった。ちょっとうまく話せても、いきなり機嫌が悪くなったりする。どう接すればいいのか、本当にわからなくて」

「本人に訊いてみるのが早いんじゃない？　あたしのことをどう思ってるのって」

「そ、そんな訊き方、できないよ」

「だけど、そういうことなんじゃないの？　お父さんとも口を利かない天邪鬼（あまのじゃく）なお坊ちゃんが、おなっちゃんのためだったら、わざわざ深川まで来てくれるんでしょ？

本郷からじゃ遠いんだよ」

　店の前に戻ってきたので、いったんここで話が途切れた。ちょうどよかった。答えられない問いでも何でも、おりょうははっきりと言葉にしてしまう。その強さに助けられることも多いが、今はそうではない。

　湯屋に行く支度をして、おりょうと再び店の前で落ち合った。

　目の高さを少し上げると、あちらでもこちらでも、軒先の七夕の笹飾りが夕闇に影を投げかけている。

　夜空を横切る天の川がうっすらと見え始めた。天の川を目印に、あのへんだとあたりをつけて探せば、織姫と彦星を見出せる。

「おなっちゃん、もう星が見えるの？」

　眼鏡越しに薄闇の空を見上げるおりょうが、目を細めている。少し顎の尖ったその横顔は、はっと息を呑むほどに形がよい。

　分厚い眼鏡を介すると、目も頬もずいぶん奥まったところに引っ込んで見えて、顔の形がずれてしまう。そのせいでおかしな印象になるのだが、その実、おりょうは深川の人気芸者も顔負けの美人だ。

と、おりょうが横目でおなつのほうを見て、にっと笑った。

「おなっちゃんのほうが、あたしよりずっと美人さんだからね。声もかわいくて、仕草もいじらしいし」

胸中を見透かされたようなことを言われ、びっくりしてしまう。

「び、美人って……」

「得意客の男衆はみんな言ってるよ。輪島屋のおなっちゃんはきれいだ、可憐だ、かわいいって。でも、おなっちゃんが織姫だってことも、みんな知ってる。彦星が仕事の都合でどこか遠くにいるってことも。だから、おなっちゃんに粉をかけようなんて不届きな真似は、誰もしないの」

頰が熱くなってくる。美人だ何だと誉められるのは慣れないし、織姫と彦星のたとえを持ち出されるのも気恥ずかしい。

美人なんかじゃない、と思っている。顔の造りは地味だし、去年は肌がひどく荒れてもいた。顔を上げて歩くことさえできない時期もあった。

あの頃はおせんとおりょうが親身になって、へちまの化粧水だとか、椿油だとか、馬油を使った軟膏だとか、いろいろ探してきてくれた。一年ほどの時をかけて、江戸の水がようやく肌に合うようになってきたところだ。

あたしは、きれいなんかやない。きれいになりたいと望んでしまうこともあるけれど、それこそ大それた望みやわ。あたしはちっぽけな田舎娘に過ぎんがに。

こんなあたしを選んでくれた丹十郎さんは、不思議な人や。だからこそ、このご縁を、あたしは大事にしたいんやよ。

ちくりと胸が痛んだ。

おなつの嘘つき。

紺之丞の言葉が、あの瞬間の目の輝きが、切なく歪んだ口元が、おなつの胸に刺さっている。

「ねえ、おりょうさん」

「ん？　何？」

「七つの頃のことって、どのくらい覚えとるものかしら？」

「人によると思うけどね。あたしは三つになる前のことも覚えてるくちだけど、十になってようやく物心ついたって人もいる。七つの頃、何かあった？」

ちょっとね、と、おなつはごまかした。おりょうは問いたそうな目をしているが、おなつは気づかないふりをする。

七つの頃のこんちゃんが、おなつに告げた言葉があった。

大きくなったら、迎えに行く。

まさか、と思ってしまう。おなつ自身、すっかり忘れてしまったというわけではなかった。それでも、紺之丞とはもう二度と会うこともなく、ましてや人生の道筋が重なるはずもないと思っていた。

でも、紺之丞は違ったのかもしれない。七つの頃の約束をきちんと覚えていた。おなつに再び会える日を信じていたのだ。

おなつは、まとわりついてくるものを取り払ってしまいたくて、頭を左右に振った。

空を仰ぐ。さっきよりも星の数が増えている。

次第に濃くなる夕闇に、織姫と彦星が輝きを増してきた。互いに寄りつくことのない二つの星の間を、白々とした天の川が流れている。

第四話　押しずし

一

おなつが初めて押しずし作りを手伝ったのは、金沢で半年あまりを過ごした年の暮れだった。正月を迎えたら、おなつは十一になる。十四になる丹十郎が初めての船旅に出る、そのひと月ほど前である。

金沢の清水家では、お節句の折に押しずしが振る舞われた。おなつは、押しずしにひと目で心を奪われた。

何てきれいなお料理かしら！

ほんのりと甘い、真っ白な酢飯。ぴかぴか光る酢締めの鰯。くっきりと濃い色をした笹の葉や柿の葉。彩りが本当に美しかった。ぴしっとした四角に切って整えられた、その形も美しかった。

輪島では食べたことのない、珍しい料理でもあった。酢の味がさっぱりとしていた。酢飯はもちもちした歯ざわりだった。白いお米をたっぷり食べられるのはぜいたくなことだ。

そんな特別な料理を、ほかならぬ母が作った。そのことにも、おなつはびっくりした。

今思えば、輪島での母は、よそからやって来た武家育ちの女という素性をなるたけ表に出さないようにしていたのだろう。早く輪島のおかみさん衆に溶け込み、夫や娘に苦労をかけないようにと心を砕(くだ)いていたに違いない。

十のおなつは、そんなことには考えが及ばなかったから、お正月のごちそうには、金沢で食べたきれいな料理をまた作ってほしいと母にねだった。

「だって、丹十郎さんにも食べさせてあげたいんやもん！」

おなつがあんまりしつこかったのと、丹十郎のおっかさん、つまり、いろは屋のおかみさんまでも興味を示したので、母はついに根負けした。

押しずしは、それを振る舞う前日に仕込んでおく。なかなかに手間ひまのかかる料理だ。

おなつは張り切って、母の手伝いをした。自分で作れるようになったら、いつでも食べられるではないか。

しかし、おなつがかつて見惚れてしまったような、きっちりと形の整った押しずしを作るには、熟練の技がいるものだ。久方ぶりに押しずしを作った母も、こつを思い出すのに苦労していた。

ましてや、やっと十一にならんとする頃のおなつである。初めての手伝いのときには、何が何やらわからないまま、母の指図に従うだけだった。

輪島で作った押しずしは、丹十郎やその家族にも評判がよかった。殊にいろは屋のおかみさんがずいぶん気に入ってくれたので、それ以降、母はたびたび押しずしを作ることとなった。

おなつもいつしか、押しずしの作り方を覚えていた。とはいえ、母と一緒にではなく、すべて一人でこしらえたのは、江戸の輪島屋に来てからが初めてだった。

文政四年の八月半ばのことだ。

まずは、木枠の型を七兵衛に作ってもらう必要があった。盛りつけるための大皿は、大事に桐箱にしまっていたのを、おせんが出してくれた。九谷焼の見事な大皿である。

「輪島屋で押しずしを食べたい」

そんな注文を入れてくれたのは、金沢から江戸へ出てきた染物職人の嘉助と、その妻のおくめだった。年の頃を尋ねれば、おせんや七兵衛よりもいくつか年上だという。

おせんにとって、嘉助とおくめは特別なお客さんだ。

「なぜかって、初めて嘉助さんがここに来てくださったとき、難しいことを頼まれたもんやからさ。難しいけど、大切な仕事やった。忘れられんわ。もしもそのときにおなっちゃんがいてくれとったら、心強かったんやけどね」

それは四年ほど前のことだという。話を聞いたおなつは、いっそう身の引き締まる思いで、お祝いの日の料理、押しずしを作った。

嘉助は小柄な男だった。猫背なのは、前かがみで染物をする仕事柄だろう。おくめは痩せているが、おっとりとしたたたずまいが美しい人だ。

店に入ってくるなり、嘉助は藍染めの布を畳んだものを、おせんのほうへ突き出した。

「ほら、受け取らし。新しいものを作ってきたわ。二年も使えば、すっかり色あせておるやろうが」

「まあ！　こちらは、もしかして……！」

戸惑いがちに受け取ったおせんは、布をそっと広げた。

おなつは横からのぞき込んで、息を呑んだ。

「新しいのれんやわ。きれい」

おせんも七兵衛も驚きと喜びに言葉を失い、ただ「ありがとうございます」と繰り返して嘉助に頭を下げた。

のれんの生地は、紫がかった深い藍色をしている。遠目には白抜きで太く書かれているかに見える「輪島屋」はその実、一字一字の中に、淡い色で絵が施されている。

輪の字は、薄紫色の雪割草。六枚の花弁を開いた可憐な雪割草が、びっしりと咲いている。

島の字は、水色の波。青海波の文様を手前に配し、その奥には、雄々しく砕ける波しぶき。

屋の字は、淡い緑色のアテの森。すっくとまっすぐに立つアテの木々が霧にかすんでいる。

いずれもごく薄い色味ではあるが、しかし筆致は細密だ。仰々しくはない。それでいて、実に見事な染物だ。おなつは見入ってしまった。

「すごい。今使っとるのれんも、字の中に花びらが描かれとるのがきれいやなと思っとりました。ほやけど、新しく染めたばかりのものって、こんなに鮮やかなんですね。素敵です」

嘉助は、ふんと鼻を鳴らした。

「輪島屋のおかみが、反物は受け取れんと言うたもんでな。お国染の着物など、身につける場もない、とか何とか言いおって。馬鹿正直というやつや。黙って受け取って売り払えば、それなりの値がつくっちゅうがに」

おせんは苦笑した。

「せっかく贈ってくださるのに、売り払うなんてできませんよ。上等な反物をくださるというお気持ちは嬉しかったんですけど」

「それで儂は頭をひねって、のれんを染めてみたっちゅうわけや。芝居小屋の人気役者でさえ、お国染の役者紋をほしがるものやぞ。ましてや、加賀で友禅染の技を身につけた職人が手ずから染めた小料理屋ののれんなんぞ、江戸じゅう探してもほかにないやろう」

お国染は、金沢で発達した染物の技法である。二百年ほど前、京で人気の扇絵師であった宮崎友禅斎が、その模様染の技を金沢に伝えたという。

描かれる題材は草花や鳥が多い。あるがままの姿を写したかのような、生き生きとした模様染めだ。京の友禅染と違い、刺繍などの他の技法を用いず、染物だけで仕上げるものらしい。

嘉助は土間の奥まで進んでいって、草履を脱ぎ捨て、どかりと小上がりに腰を下ろした。おくめは嘉助の草履を揃えてやってから、夫の隣に腰を落ち着ける。

七兵衛は「刺身を引いてきますわ」と告げて台所に引っ込んだ。

おくめがおせんに微笑みかけた。

「年を取ると、時の流れはあっという間やね。気がついたら、一年以上もこちらにお邪魔しておらんかったなんて、びっくりやわ。ご無沙汰して、ごめんなさいね」

「いいんですよ。外神田から深川の南端のここまで、ずいぶんありますからね。お弟子さんをお取りになってから、忙しいんでしょう？」

「そうなんよ。嘉助がこのとおり頑固な上に、弟子も負けん気の強い若者揃いなものやから、毎日、工房では火花が散っとるのよ。輪島屋さんにも、若い人が入ったんやね。あなたがおなつさんけ？」

おなつは、おくめにお辞儀をした。

「はい。なつと申します。今日は、押しずしを作らせていただきました」

「ありがとう。楽しみにして来たんやよ」

平八は今日、七兵衛のお使いで品川へ行っている。きれいな海藻が手に入るあてがあるというので、目利きをしてくるのが役目だ。おりょうの診立てのとおり、輪島屋の賄いを食べているうちに、平八の江戸わずらいはひと月足らずですっかり治った。元気いっぱいになった平八は、腹さえ減らなければ、力持ちで働き者だ。

おくめは小首をかしげた。

「おせんさんは、お変わりなかったけ？　お元気にしとった？」

「ええ、もちろん。あたしはいつだって元気なのが取り柄やもの。おくめさんはいかがでした？」

「春先に夫婦揃って風邪をひいてしまったんやけど、巷で噂されとるほどひどくならんで済みました。ほら、あのダンホウ風邪やよ。うつりやすくて、高い熱が出て、運が悪かったら、若い人でも肺患いになってしまうっていう厄介な風邪」

「軽いうちに治って、よかったですわ。おくめさんは体の線が細いもんで、つい心配になりますわいね」

実際、おくめ嘉助と輪島屋のつながりは、おくめが体を壊したことに始まったのだ。

四年あまり前、一人息子が染物職人として自立したのを機に、嘉助は金沢を離れ、江戸に工房を構えることを決めた。

金沢で培(つちか)ったお国染の技で以(もっ)て、江戸という新天地で勝負してみたい。それが若い頃からの嘉助の望みだった。おくめも嘉助についてきたのだが、本当のところ、江戸での暮らしを望んではいなかった。

おくめは、それでも黙っていた。慣れない江戸での暮らしの中、懸命に夫を支えようとした。

しかし、職人が集い住む長屋は独り者ばかりで、井戸端会議も開かれない。仕事に打ち込む間は一言も口を利かない夫と、二人きりの毎日だ。友もいなければ故郷も遠い。

おくめは、次第にふさぎこむようになった。

嘉助に食事を作って出すのに、おくめ自身は食べていなかった。少し口にしても、吐いてしまうのだ。そのことに嘉助が気づいたのは、おくめがひどいめまいで起き上がれなくなってからだった。

医者に診せようとすると、おくめは嫌がった。料理など一切できない嘉助は、とりあえず出来合いのお菜を買ってきてみたが、おくめは口にしようともしない。何か食べたいものはないかと問えば、一言。

「じぶ煮が食べたいわ」

どんどんやつれていく女房を前に、嘉助は仕事も男の沽券も何もかも放り出して、江戸に住む数少ない知人に片っ端から頭を下げて回った。どうか知恵を貸してくれ、と。

じぶ煮は金沢の料理だ。江戸に生まれ育った知人はたいてい「聞いたこともない」と首をかしげた。

唯一の手掛かりが「深川宮川町にふるさと横丁という通りがある」という噂だった。

おせんは当時を思い出したようで、照れくさそうに頬に手を当てた。

「じぶ煮を作ってくれんけ、と血相を変えて頼まれたときは、どうすりゃいいんやろうと思いましたよ。あたしらが普段お出ししているのは、輪島の漁師が作るような田舎料理で、金沢のお城のそばで食べられとる料理なんて、作ったためしもなかったんやから」

嘉助はふてくされたような顔をした。

「そりゃあ、儂もわかっとった。同じ藩とはいっても、加賀と能登ではお国柄がまるで違う。しかしやな、ほかに頼るあてがなかったんや。藁にもすがる思いやったわ」

おくめはくすくすと笑っている。

「お国柄は違うんやけど、お醤油やお味噌の味はやっぱり似とると感じますよ。お隣同士やからね。おせんさんが苦労してあれこれ調べて作ってくれた、あのときのじぶ煮は、本当においしかったわ。ほんのり甘くて、優しい味で」

「じぶ煮のことが載っとる料理の本があったんです。そやけど、漢字だらけの難しい本で。あたしゃ漢字が苦手やから、代わりに人に読んでもろうたんですよ」

「お隣の九州庵の料理人やったかいね」

「ええ。お隣さんは物知り博士揃いなんです。それとね、若い頃、七兵衛があたしを、加賀の温泉に連れていってくれたことがあって、そこでじぶ煮をいただきました。その味をなんとなく覚えとったんです」

「苦労かけたがやね。わたしもね、じぶ煮じゃなくて、ほかの料理を言えばよかったんやわ。いとこ汁やとか、えびすやとか、かぶらずしやとか、加賀でも能登でも食べとる料理やってあるんやもの。輪島屋さんが得意な鰤大根や鰯のつみれ汁は、金沢でも食べとりましたし」

　夫が江戸を駆けずり回って、じぶ煮を手に入れてくれた。おくめはそのことに驚き、嬉しさと申し訳なさに涙した。

　じぶ煮を食べたのがきっかけで、おくめの体は食事をとることを思い出した。ふさいでいた心にも、光が差し始めた。この料理を作ってくれた人に会いたい。それがおくめの生きる望みとなったのだ。

　七兵衛が台所から刺身を運んできた。

「お待ちどおさまです。江戸湊で釣ったばっかりの鯵ですよ。刺身にしてきたさけ」

　嘉助が、おお、と目を輝かせた。さっそく、醤油といしるを混ぜたものに、唐辛子（なんば）

を少し加えて、刺身につけて口に運ぶ。

「まんで、うまいわ」

おくめも嘉助と同じように、醬油にいしるを加えている。豆の香ばしいうま味がある醬油と混ぜると、味わいがまろやかになり、海のにおいの滋味がいっそう豊かになるのだ。

「本当においしいお刺身やわ。身がこりこりと引き締まっとって。いしる醬油でいただくのが、やっぱりおいしい」

「いしるの味にも、すっかり慣れてしまわれたんやね」

「慣れたなんてものやないわ、七兵衛さん。いしるの味に惚れてしまっとるもの。江戸では輪島屋さんでしか味わえないぜいたくなんやよ」

「そいつは嬉しいお言葉やなぁ」

「能登はやさしや土までも、といいますやろ。輪島屋さんに来るたびに、そのとおりやわと思うんやわ。能登の人は優しい。土までも優しい」

「いやぁ、そう言われると照れてしまうわ。ほんでも、ふるさとから離れた江戸では、助け合わんとならんでしょう。同じ北陸の近所同士、親しくできるっちゅうのは、いいご縁でつながっとるんやなと思います」

　おせんも七兵衛も、いつもより楽しそうだ。おくめと嘉助が来るのを、本当に心待ちにしていたらしい。

　おなつは、おくめと嘉助からの頼まれものである押しずしを台所から運んできた。

「どうぞ。金沢生まれの母から教わった押しずしです」

　押しずしを盛った九谷焼の大皿を、小上がりに置く。

「あら、きれい。おなつさんはお若いのに、上手に作るんやね」

　おくめがにこにこして誉めてくれた。

　木型から外した押しずしは、二寸（約六センチメートル）四方に切り分けてある。ひと晩しっかり押してあるので、重ねた層がばらばらに崩れることもない。端のほうを味見してみたら、酢締めの鰯と酢飯の味もきちんと馴染んでいた。

　おせんがおくめと嘉助に訊いた。

「押しずしはお祝いの料理やそうですけど、何かおめでたいことがあったんですか？」

　おくめと嘉助は目を見交わした。どうぞ、と、おくめが夫に譲る。

　嘉助が咳払い（せきばらい）をして喉（のど）の調子を整えてから、胸を張って言った。

「金沢に残してきた倅のところに、孫が生まれたんや。儂らにとっては、初孫やぞ。母子ともに健やかだ、八月半ばにお食い初めだという文が届いた」

「まあ、おめでとうございます。ほんなら、今日あたり、金沢のほうではお食い初めをしとる頃なんですね」

おくめは、押しずしのひとかけを箸で取って、上品にかぶりついた。にっこり微笑んで、おなつにうなずいてみせる。

「お味もとてもいいですわ。作ってくれて、あんやと」

あんやと、という響きに、おなつは両親の顔を思い浮かべた。「ありがとう」が少し訛って「あんやと」になる。金沢の言葉だ。父の口からはよく聞いていた。武家育ちで少しお堅い言葉を使う母も、たまにぽろっと「あんやと」と口にしていた。

「お気に召してよかったです。お孫さんのこと、おめでとうございます」

改めて言えば、気難しげな嘉助さえもが、とろけるように頰を緩めた。

二

おなつが再び押しずしを作ることになったのは、おくめと嘉助に振る舞ってから、ほんの三日後のことだった。

呉服商瀬田屋のご隠居、五郎右衛門が、うきうきした様子を隠しもせず、輪島屋を訪ねてきたのだ。

「染物職人の嘉助から聞いたぞ。おなつさんや、おまえさんは押しずしが作れるそうじゃないか。初孫のお食い初めの祝いに、おなつさんの作った押しずしを食べた、と嘉助が浮かれておったぞ」

「喜んでいただけたみたいで、ほっとしました。嘉助さんとおくめさんは、外神田から足を運んでくださって、押しずしを召し上がったんです。五郎右衛門さまは、嘉助さんと親しくされとるんですか?」

「商いを通じたつながりだ。昨日、大伝馬町の店に顔を出した折に、反物を納めに来た嘉助と会うた。無駄なおしゃべりなんぞ嫌いな男が、珍しく儂の世間話に応じたのだ。輪島屋おなつの押しずしが実にうまかったと、そこで知ったわけじゃよ」

おなつは、かあっと熱くなってきた頰を押さえて、照れくさいのをごまかした。

「おいしいと思っていただけたんなら、あたしも嬉しいです。料理人冥利に尽きます」

「うむ、それで、ものは相談じゃ。おなつさんや、儂のためにも一つ、頼まれてくれんか？　儂にも押しずしを作ってもらいたい」

恵比須さまのような福々しい笑顔が、いつにも増して嬉しそうに見える。

「何かお祝い事がおありなんですね」

「儂の隠居屋敷に孫娘が遊びに来るんじゃ。孫娘は年内に祝言を挙げることになっておってな、瀬田屋の跡継ぎとなる婿も、儂がずっと目をかけておった男よ。当人同士も憎からず思っておるらしい。よき縁組なのじゃ。実にめでたい」

「それは本当におめでとうございます」

「ありがとう。そこでじゃ。仲睦まじい花嫁と花婿のために、金沢の押しずしを作ってくれんか？　儂は若い頃、お国染の工房まで幾度も足を運んだ。金沢の地で見聞きしたことや、舌鼓を打った料理は、今でもよう覚えておる。押しずしの華やかさと味わいもな、よう覚えておるよ」

思い出を語る五郎右衛門は「よう覚えておる」と口癖のように言う。嘘でも大げさでもない。実際、細かなところまで尋ねてみても、さらりと答えが返ってくる。古い思い出さえ、少しも忘れていないらしいのだ。

「わかりました、五郎右衛門さま。金沢の押しずしをお作りします」

先頃おくめに誉められて、少し自信がついた。おくめも、金沢では自分で押しずしを作っていたという。そのおくめが、おなつの押しずしは出来がよいと言ってくれたのだ。

「舞い上がらんように気をつけんとね」

おなつは、にまにまと笑ってしまいそうな頰を、手のひらで軽く叩いた。

五郎右衛門との約束の前日、おなつは朝から押しずし作りに取りかかった。

この日は平八が手伝ってくれた。

「おらでよけりゃ何でもすっちゃよ。こう見えて、魚料理なら、けっこう役に立てますからね！」

平八は、にかりと歯を見せて笑った。よく日に焼けているので、歯の白さが際立つ。六尺（約一八二センチメートル）もの上背に、目方は二十五貫ほど（約九四キログラム）もあるらしい。江戸わずらいが落ち着いてくると、実によく食べる。本当に気持ちいいくらいの食べっぷりだ。

力持ちで疲れ知らずの平八は、魚釣りが得意で魚の目利きに長けている。先日は品川で幾種もの海藻を食べ比べ、仕入れてよいものをきちんと選んできた。太い指は思いのほか器用で、本人も自負しているとおり、魚を捌く手つきは確かだ。

それに、からりと明るくて人当たりがよい。おなつより一つ年上だが、「輪島屋ではおなっちゃんがおらの先達やから」と、いつもおなつを立ててくれる。見上げるほどに大きな体をしているのに、舌を出して尻尾を振る犬のような愛敬がある。

「ほんなら、平八さんは鯖をお願い。三枚におろして、塩を振って、余分な水気を取っておくんやよ」

「後で酢締めにするんだっけ？」

「うん。今日の鯖はきれいやから、酢締めでいこうと思っとる」

「いい鯖でしょ。おらと七兵衛さんが目利きしたから、間違いない。今朝の魚河岸で一番きときとで美しい鯖を買ってきたちゃ！」

堂々とそんなふうに言ってのけるあたりが、何ともすがすがしい。

新鮮で活きがいいことを、氷見では「きときと」というらしい。響きがおもしろく耳に心地よいので、近頃、おなつのまわりでは「きときと」という言葉が流行っている。

押しずしに欠かせないのは、笹の葉や柿の葉だ。具と酢飯を層にして重ねるとき、層と層の間にそれらの葉を挟み込む。こうしておくと、腐ったり傷んだりしにくいという。金沢だけでなく、日ノ本各地に、笹の葉や柿の葉を腐り止めに使う料理があるらしい。

おなつは、時おり平八としゃべりながら、押しずしの仕込みをしたり、金時草を浅漬けにしたりと手を動かした。

米は昆布を入れて炊き、みりんをさっと散らして蒸らす。それから、ほんのり甘みをつけた酢を米に混ぜ込む。茶碗によそって食べるときよりも水の量を多めにして炊くと、重石をして押した後のまとまりがいい。

平八は、三枚おろしにした鯖の身に残る骨を、毛抜きで器用に抜いている。

「祝いや祭りの日の料理け。氷見で何食べとったかな？　赤飯かな？　覚えとるようで、あんま覚えとらんことってあるちゃよね。地元じゃ当たり前すぎて、いちいち気に留めたりせんもんで」

「あたしもそうかもしれない。料理はもともと作る側やったから、それなりに覚えとるけど」

「おらは、魚のことならけっこう覚えとるかなあ。おなっちゃん、日本橋の魚河岸に行ったことあるけ？」

「ないんよ。人が多くて荒っぽいと聞いとるから、ちょっこし怖くて。ほんでも、売っとる魚には興味があるよ。魚河岸って、どんなふうなんけ？」

「並んどる魚はやっぱ、能登の外浦や内浦の魚とはだいぶ違う。鰤ちゅ名前の魚も江戸湊で水揚げされるけど、あんな小っちゃいやつは鰤じゃないちゃ。がんどですらない。せいぜい、ふくらぎやちゃよ！」

出世魚（しゅっせうお）の鰤は、体の大きさによって呼び名が変わる。小さいほうから、こぞくら、ふくらぎ、がんど、鰤だ。

「おりょうさんがね、長崎で鰤と呼んどる魚は、北陸のがんどやと言っとった。二人で握りずしを食べに行ってみたとき、そんな話になったん」

「ああ、握りずし！　あれもいくそるちゃ！」

平八は目を真ん丸にしたびっくり仰天の顔で言った。そんなふうに表情豊かだから、氷見の言葉を聞いたことのなかったお客さんでさえ、平八がお国訛りでしゃべっても、おおよそわかるという。「いくそる」は「驚く」という意味だ。

「そうやよね。ひと晩で出来上がる押しずしでさえ、早ずしと呼ばれとるのに、それと比べたら、握りずしは本当にあっという間にできるやろ。輪島でも金沢でも、すしというのは、米の麹と塩漬けした魚を漬け込んで寝かせたものやった」

じっくりと寝かせる本来のすしは、早ずしに対して、馴れずしという。

馴れずしは、寝かせるうちに味わい深い酸味が出てくるものだ。一方の早ずしや握りずしは、酢を使って手早く酸味を出し、馴れずしの味を模すのである。

江戸の握りずしは、振り売りの長吉や鳶の比呂助のような、体を動かして働く男たちに人気だ。握りずしひとつで、おなつが握るおむすびよりひと回りもふた回りも大きい。

酢飯の上には、味をつけた魚の切り身が載っている。魚は酢締めが多いが、生姜醤油に漬け込んだもの、串を打って蒲焼にしたものもある。屋台でさっと買ってきて、手に持って頬張り、素早く腹を満たせるのが人気の秘訣のようだ。

しかし、平八は思うところがあるらしい。

「江戸の人は、いつもせかせか、しょわしないから、握りずしも流行るんやろうか。蕎麦だって、ほとんど嚙まんと丸吞みにしとる。もっと味わってもいいのにねえ。何よりも、おら、江戸にうどん屋がないのが寂しいちゃ！」

「氷見ではうどんを食べとったん？」

「あれっ、知らんがけ？　氷見のうどんは有名だよ。輪島から素麵の作り方が伝わってきて、氷見の一糸伝承のうどんになったんやって。前田の殿さまにも献上しとる、うまいうどんで、上等ながやちゃよ」

ちょっと不満そうに、平八は唇を尖らせてみせる。本当に、ころころとよく顔つきが変わるものだ。輪島にはこういう人はあまりいなかった。特に男は恥ずかしがりな者も多く、明るい人柄の丹十郎や七兵衛も、笑うときはちょっと照れくさそうにする。

そんなふうに言ってみたら、平八は「うへっ」と顔をしかめて頭を搔いた。確かにうちの故郷の男衆もそんな感じじゃやった、と。

　平八が故郷を出ることにしたのは、ひょっとすると、そのあたりにもわけがあるのかもしれない。故郷ではちょっとした変わり者。しかも、兄弟の多い家の八男だ。家を継ぐ立場ではないために、己の道を進むしかなかったのではないか。

「輪島の素麺が氷見のうどんの源流なんやね。江戸に出てきてみれば、輪島と氷見は近所といえるくらいながに、地元に住んどった頃はそんなふうに思っとらんかった。丹十郎さんの船旅の話も、まるで異国のことみたいやなあ、なんて感じとったの」

「弁才船の廻船問屋は氷見にもあったし、おらも船乗りの話を聞いて育った。乗ってみたいなあと思とった頃もあったちゃ。丹十郎さん、二十前から表司見習いだったんでしょ？」

「うん。ぱっと景色を見るだけで、目印までどのくらい離れとるのかが何となくわかるんやって。算術で確かな値を勘定するのも得意やって言うとった」

「はしかいなあ。頭いいんだ。表司や知工(ちく)は、知恵があって勘がよくて、はしかい人でなかったら、全然なれんもんらしいよ。すごいちゃ」

　知工は、その船の大福帳を預かる番頭のようなものだ。仕入れと売り上げの記録をつける。船内で必要な米や塩や味噌や水の管理もする。

「平八さんの言うとおり、丹十郎さんは賢い人なんや。たくさんのものを見て知って、自分の糧にしてきたからやと思う。知らんものに出会って受け入れていくって、大変やろう？　丹十郎さんはそれを難なくこなすから、すごいなって思うわ」

故郷を遠く離れてみて、旅暮らしだった丹十郎のことが少しわかってきた気がする。おなつはまだ、おっかなびっくりだ。新しいことに触れても、おもしろがるより先に、びくついてしまう。

平八がにかりと笑った。

「おなっちゃんもすごいし、はしかい人でしょ。だって、いろんな料理こっしゃえられるんだ。しかも、いっぺんにこっしゃえる。料理の段取りちゃ、あれこれ込み入っとるのに、それをこなせるってのは、すごいちゃよ」

「ありがと。あたしは、まだまだやけどね」

おせんさんのように作れたらいいのに、と思う。おせんの手際のよさは、つい見惚れてしまうほどだ。どれくらい台所に立ち続ければ、あんなふうに動けるようになるのだろうか。

押しずしを美しく作るには、全体が均一の厚さになるよう、酢飯と具を置く塩梅に気をつけねばならない。幼い頃はこれがうまくいかず、でこぼこになったところから崩れるという失敗を何度も繰り返してしまった。

　今回はきっと大丈夫。先日も作ったばかりだし、一つひとつの作業にも丁寧に気を配っている。

　酢飯と具を並べ終えたら、木枠の蓋の上に漬物石を置いて、しっかりと押して寝かせる。漬物石は、平八が軽々と抱え、おなつの指図したとおり真ん中に載せてくれた。

「これでいいわ。平八さん、手伝ってくれてありがと」

「何のこれしき！　また手伝わせてよ。料理のいろはを身につけたら、おらも氷見で食べとったもんを、みんなに振る舞いたいなあ」

「楽しみにしとるね」

「ご馳走（ごっつお）作っちゃね！　ま、そのためには、祭りの日の料理を思い出したり調べたりしなけりゃな。氷見から江戸に出稼ぎに来とる連中がおるから、中には詳しいやつもおるちゃよ、たぶん！」

　平八は堂々と胸を張って、頼りなげなことを言った。態度と言葉の落差に、おなつは何となく笑ってしまう。平八としゃべっていると、話が弾む。

「お祭りの日の料理、楽しみにしとるから。氷見でも、お祭りのときはキリコが練り歩くが？」

「キリコって、でかくて四角い灯籠やったけ。氷見では、曳山に提灯をずらっと吊ったりはするけど、キリコはないちゃね」

「そうなんや。料理や言葉は似とるのにね」

「戦国時代までの氷見は、越中と能登の国境ってことで、山城だらけやったらしいよ。だから、氷見と輪島じゃあ、やっぱり全然違うところもあるみたいだ。氷見の祭りといったら、やっぱり百足獅子やちゃよ」

「百足獅子？」

「獅子舞やけど、ぞろっと長いんだ。獅子の胴幕のことをカヤっていって、カヤの中に五人も六人も入って、息を合わせて獅子を振る。カシラも入れたら脚が十何本もある、脚だらけやってことで、百足獅子だ」

百足獅子なんて聞いたこともない。江戸に来てからお正月に見かけた獅子舞には、獣らしく四本の脚があった。

おなつが目を丸くしていたら、平八は身振り手振りを交えて語ってくれた。

「氷見の獅子舞にはいろんな踊りがあって、基本は天狗と獅子の話なんだ。知恵者の天狗が、暴れる獅子をやり込めて退治する。速い拍子で囃し立てて、太鼓と鉦と笛の音もにんがして、舞うのを見とっても、中入って獅子振っとっても、なんのせ楽しい！」

イヤサー、イヤサーという勇壮な掛け声が、囃子方だけではなく、まわりで見ている町衆からも上がる。豊漁と豊作を祈願する春のお祭りと、実りを感謝する秋のお祭りの頃には毎日、氷見のどこかで百足獅子が舞っている。

「おら、カヤの中でも尻尾の役が得意なんだ。なんでか知らんけど、おらが獅子の尻になって尻尾を振ってみせたら、誰がやっときより笑いと歓声が聞こえてくる。氷見のもんはみんな、やんちゃくさい獅子が好きでさ。話の上やと悪役やけど」

そんな話をしていたら、おせんが買い物から戻ってきた。八百屋へ行ってきたらしい。今朝は馴染みの振り売りが寝坊をしたとかで、きれいな青菜が買えなかったのだ。

「ただいま。お二人さん、押しずしの仕込みは終わったけ？」

「ちょうど終わったところです。平八さんがそのうち、氷見の料理を振る舞ってくれるんですって」

「おや、そりゃ楽しみやねえ」

表に飴売りが来ているらしい。お万が飴売りといって、娘姿の美男が売り歩くのだ。飴を買えば、本物の女よりも見事な手弱女ぶりの愛らしい仕草で歌い踊ってくれる。ふるさと横丁の女衆にも、飴売りの芸は大人気だ。

おせんがおなつを誘ってくれた。

「昼餉の仕込みの前に、飴を買ってひと息入れるかねえ?」

「はい」

連れ立って台所を離れれば、

「おらも!」

歌や踊りの好きな平八も、いそいそとついてきた。

三

昼下がりののんびりとした刻限に、駕籠かきの威勢のよい掛け声が近づいてきた。お金持ちのお客さんが来たらしい。

　三十三間堂と木場の間に挟まれたふるさと横丁を突っ切ったところで、どこへ行くにも近道にはならない。掛け声が聞こえるほど近くを駕籠かきが通るとなれば、用があってふるさと横丁に来たということだ。

「どこの店やろ」

　おなつが呑気なことをつぶやいたとき、表から呼び声がかかった。

「ごめんください。おなつさんはいらっしゃる？」

　若い女の声だ。

「は、はい、おります！」

　台所に引っ込んでいたおなつは、慌てて店のほうに出た。

　華やかな印象の女が、おなつを見て、ぱっと笑顔になった。身軽に飛んでくるのがいかにもお転婆だ。黒地に竜胆の花をあしらった着物は、動きやすいよう裾を短くからげている。

「あなたがおなつさんね。お祖父ちゃんから聞いたとおりのかわいらしい人！　わたし、瀬田屋のひなよ。昨日の押しずし、とってもおいしかった！」

「あ、五郎右衛門さまのお孫さまの……」

「そう！　昨日はお祖父ちゃんの亀戸屋敷で、おなつさんの作った押しずしをごちそうになったの。金沢のお祝いの料理なんですってね。きれいだし、本当においしかった。ありがとう」

「いいえ、おひなお嬢さまのお気に召したんなら、嬉しいです」

おなつは心ノ臓がどきどきしている。頬が熱くなってきた。みっともないほど赤くなっているかもしれない。

台所から出てきたおせんが、おひなとあいさつを交わした。

おひなは、潑溂としてよく笑う人のようだ。大店の家つき娘というと、蝶よ花よと育てられてわがままになってしまいそうだが、おひなからはそういう嫌な気配を感じない。

先陣を切ってきびきびと采配を振る、やり手の商人。おひなのしゃべり方はそんなふうだ。

おひなは、おなつに向き直って、華やいだ声でまくし立てた。

「わたし、お国染が大好きなの。きらびやかな京の友禅染ももちろん素敵よ。でも、わたしの好みに合うのは加賀のほうなの。だって、草花の絵姿が凛として美しいもの。

きっと金沢という町がそういう気風なんでしょうね。おなつさんは金沢で過ごしたことがあるんですって？」

「は、はい。母が金沢生まれで、親戚も金沢に住んでいるものですから」

「うらやましいわ。わたしも行ってみたい！　あ、そうだわ。わたしと夫が瀬田屋を継いだら、仕入れに関する学びのためという口実で、金沢に足を延ばそうかしら。そのときは、嘉助に案内をしてもらったらいいわね」

「嘉助さんのこと、ご存じなんですか？」

「当たり前よ！　わたし、嘉助贔屓（びいき）なの。この着物は嘉助が染めた反物で仕立てたのよ。江戸にも染物職人はいるし、中にはお国染の修業をしたという者もいる。でも、野の花を描かせたら嘉助にかなう人はいないわ。そう思わない？」

　おひなは袂を掲げてみせた。青紫色の竜胆が、すっくと背を伸ばした姿で描かれている。その花びらが生地から浮かび上がって見えるのは、外側が濃く、内側に向かって薄く塗られているからだ。繊細な色遣いである。

　葉の先が黄色っぽく退色したように塗られているのも、あえてのことだろう。虫に喰われて枯（か）れていくさまこそ、野の花のありのままの姿だ。

「素敵な模様ですね。きれいやわ。どうやったらこんなふうに染めることができるんでしょう?」

「嘉助に尋ねてごらんなさいな。喜んで長広舌(ちょうこうぜつ)を振るってくれるわよ。あのね、お国染では、下絵を描いた後、糸目糊(いとめのり)で下絵の線をなぞっておくんですって。それから色を塗っていく。反物を蒸(む)すことで色を落ち着かせて、最後に川の水で洗って糊を落とすの。友禅流しって言葉、聞いたことない?」

「あ、母から聞いたことがあります。浅野川の流れの中で反物がゆらゆらするのがとてもきれいなんやって」

「そうそう、浅野川って嘉助が言ってたわ。あの川がいちばんいいんだって。江戸にも川くらいあるじゃない? でも、嘉助は神田川ではしっくりこなくて、いろいろ試して、納得できるようになったのはつい最近なんですって。友禅流しで糊をきれいに洗い落としたら、絵の線がくっきり白く出て模様が引き立つ。これが美しいのよね」

「はい、本当に。嘉助さんの染物といえば、輪島屋ののれんもそうなんですよ。先日、新しく染めたものを持ってきてくださったんです」

「えっ!」

おひなは勢いよく振り向いて、戸口に飛んでいった。のれんに顔を近づけて、「輪島屋」の字の中に描き込まれた繊細な文様を凝視する。

「きれいでしょう?」

おなつの言葉に、おひなは唸った。

「ええ、さすがだわ。この戸口を通るときに気づかなかったなんて、わたしとしたことが何たる失態かしら。こんな体たらくじゃ、嘉助贔屓を名乗れないわね。んもう、悔しいったらありゃしない。ああ、でも、本当に見事な技ですこと!」

おなつは、よく見えるようにのれんを外してあげようとして、はたと表の様子に気がついた。

大きな長持を三つも載せた大八車が輪島屋に寄せられている。車牽きの男たちは瀬田屋の屋号が入ったお仕着せをまとっている。おひなが連れてきたようだ。

おなつのまなざしを追って、おひなが表を見やった。

「ああ、これね。今日はこれをおなつさんに渡すためにここへ来たの」

「こ、これをって、何でしょう?」

「もちろん着物よ。帯もあるわ」

「えっ?」

「だってね、嫁入り前の娘でないと着られないものって、あるじゃない? 振袖はもちろん、色遣いだとか、模様に込められた意味合いだとか」

「は、はあ……」

「わたし、こう見えて、もう二十五の年増なの。大店の家つき娘にしては婿取りが遅いんだけど、それは置いといて、とにかくね、わたしが今後着られなくなるものを持ってきたの。この中から、おなつさんに似合う着物を見つくろうから、受け取ってちょうだい」

「う、受け取る?」

おひなが身につけている友禅染の着物は、さっきじっくり見せてもらったとおり、いかにも上等だ。帯もまた素晴らしい。花唐草の文様がびっしりと刺繡されている。ひょっとして、おひなお嬢さまは、これくらい上等なものを惜しげもなくあたしにくださるというのだろうか?

おひなは、絶句するおなつを気にも留めず、おせんに尋ねた。

「ちょっとお店の中を散らかしちゃっていいかしら? こっちの床几と、そこのも借りたいんだけど」

「かまいませんけども、土間じゃお着物が汚れやしませんか?」

「敷物も持ってきたから平気よ。何にせよ、着物を選ぶときは、実際に当ててみないとね。顔映りが悪くなる色を選んじゃいけないもの」

おなつがびっくりして固まっている前で、床几が端に寄せられ、土間に赤い敷物が敷かれ、長持が運び込まれた。あれよあれよという間に、着物の品評会が始まってしまう。

おひなに手招きされたおなつは、導かれるまま、草履を脱いで敷物の上に立った。

「あの、おひなお嬢さま……あ、あたし、こんな上等なお着物なんて……」

「似合うわよ。やっぱり、おなつさんには優しい色味のほうがよさそうね。季節ごとのおしゃれ着くらい、持ってて損はないでしょ」

「季節ごとですか?」

それは一体、何着ということになるのだろうか。おなつの着物なんて、綿入れと単衣が二着ずつもあればどうにでもなるのに。

だが、おひなはおなつの戸惑いなど一切気にも留めない。

「今の時季なら、そうねえ、この鴇鼠色のはどう？　秋の七草が染めてあるの。もちろんお国染よ。加賀で染めて、浅野川で流したっていう反物。昔、嘉助が染めたんですって。どうしても本物のお国染がほしくって、金沢にいる嘉助の息子に頼んで送ってもらったの。うん、よく似合うじゃないの。帯はどれがいいかしら」

おひなはものすごい勢いで、今はこれ、初冬になったらこっち、冬はこれで正月があっち、と着物と帯を選んでいく。

実に見事な着物は、そのほとんどが嘉助やその息子の手によるものだという。加賀で染めたもの、江戸に出てきてから染めたもの、嘉助の下絵で息子が染めたものなど、おひなは着物を取り出すたびに来歴を語って聞かせてくれる。

おなつはしきりに「申し訳ない」「あたしにはもったいない」と口にしてみたのだが、やはりおひなは取り合ってくれない。

「もったいなくないわよ。おなつさんはわたしのために、あんなにきれいでおいしい押しずしを作ってくれたんだもの。そのお礼なんだから、受け取ってちょうだい。むしろ、古着を押しつけちゃって、こっちが申し訳ないくらいだわ」

「そ、そんな、申し訳ないなんてこと、ちっともありません。古着といっても、こんな素敵なものを、こんなにたくさん……」

「素敵だと思ってくれるんならよかったわ。言ったでしょ、わたしは金沢に憧れているの。その金沢のお祝いの料理を作ってもらえて、わたしがどれだけ嬉しかったかわかる？　お国染みたいに、凛として美しい料理だと思ったのよ。それに、本当においしかった」

「お、恐れ入ります」

結局、おなつは季節ごとのおしゃれ着と帯、それらを入れる長持ひとつを受け取ることになった。とんでもない贈り物をいただいてしまったのだ。

恐縮のあまり、ぺこぺこしたまま顔を上げられないおなつに、おひなは笑ってみせた。

「着ていく先がないなんて言わないでね。着物っていうのは、ご縁を運ぶものなのよ。ぴんとくる着物を手元に置いた途端、今まで夢にも見なかったような出来事が起こる。おなつさんがめかし込んでお出掛けすることだって、きっとあるわ」

おひなは華やかで、とても美しい人だ。白粉（おしろい）をはたいた肌と、つややかに紅を差した唇。ほんのりと甘い香りがするのは、着物に焚きしめたお香の匂いだろうか。

「ありがとうございます。大切にいたします」

選んでもらった着物はどれも江戸っ子好みの、すっきりとして渋みのある色合いだ。裾や袖には、草花の模様が控えめにあしらわれている。

そういう着物がおなつに似合うと、洒落者のおひなが太鼓判を押した。ひと仕事終えて、おひなはほくほくした顔をしている。

「今度は輪島の料理を食べに来るわ。お邪魔したわね。それじゃあ、またね」

おひなは、待たせていた駕籠に乗り込み、大八車を引き連れて帰っていった。おせんと並んで見送りながら、おなつは、戸惑う気持ちをどうすることもできなかった。

着物が入った重たい長持は、平八に頼んで二階まで運んでもらった。

「あたしの部屋には不似合いやわ。大きな長持やなあ」

おなつは嘆息した。

部屋にはもともと、地味な古着を収めた小さな行李と、丹十郎からもらった文を入れた文箱、叔父やほかの人からの文をまとめて包んだ風呂敷と、平べったい布団があるだけだった。それで十分だったのだ。

「あたしなんかがおしゃれして、どこに出掛けられるというんやろ。お化粧の仕方もわからんがに」

でも、長持の蓋をそっと開けて、鴇鼠色に秋の七草の着物を手に取ると、胸の奥が温かくなってくる。

きれいな着物だ。優しい色味で、気取っていなくて。この風合いは、とても好ましい。

おなつは確かに戸惑っている。その一方で、やはり嬉しくもある。

目も舌も肥えているはずの大店のお嬢さんが、おなつの仕事ぶりを認め、料理をおいしいと誉めてくれて、素敵な贈り物を持ってきてくれた。我ながらすごいことを成し遂げたのだ、と改めて感じた。

次におひなに会えたときは、もっときちんとお礼を言おう。申し訳ないと縮こまるばかりではなく、とても嬉しかったんです、と伝えよう。

それとも、おひな宛てに文を書くほうがいいだろうか。祝言を控えているそうだから、忙しいのかもしれない。都合のよいときに読むことができる文のほうが、おひなの手を煩わせずに済むのではないか。

「うん、文をお送りしまいけ」

ところが、おなつがおひな宛ての文をしたためるより先に、おなつ宛ての文が届けられた。

叔父の使いとしてたびたび輪島屋にやって来る飛脚（ひきゃく）が届けてくれたので、てっきりまた和之介からの文だと思ったのだが、違った。

表書きを見て、おなつは目をしばたたいた。

叔父ではない。紺之丞からの文だったのだ。

そして、文を開いて読み始めるや、おなつは今度こそ、驚きのあまり声を上げてしまった。

「お祭り？　こんちゃんと一緒に？」

武士らしく堅苦しい言葉の連なる文は、今度、神田明神のお祭りを一緒に見に行かないか、というお誘いだったのだ。

四

神田明神の祭礼は、古くから、毎年九月十五日におこなわれてきたという。

今では、二年に一度おこなわれる定めである。麴町の山王権現の山王祭と、年ごとに交互となっているのだ。どちらもお城への山車の引き込みがあり、上さまがご覧になるというので、二つまとめて「天下祭り」とも呼ばれている。

九月十五日。

神田祭の当日は、朝から駕籠がおなつを迎えに来た。紺之丞との待ち合わせの場所まで運んでもらうのだ。

「い、行ってきます」

おなつは、見送ってくれるおせんと七兵衛、平八に告げて、駕籠に乗り込んだ。

唇が何となくぺたぺたする。紅を差しているせいだ。目尻にも軽く紅を引いてある。それを思い出すと、つい触れてみたくなってしまう。

いけない。化粧が崩れて、みっともないことになる。

化粧は、おりょうがやってくれた。従弟からお祭りに誘ってもらったと告げ、化粧を教えてほしいと頼んだら、ちょっとしかめっ面をしつつも引き受けてくれた。

しかめっ面のわけを訊いたら、おりょうは「たとえ相手が従弟でも、気をつけなよ」と答えた。

気をつけるというのは、たぶん、男女ふたりきりになるのはよろしくない、といったことだろう。

「大丈夫、だと思うけれど」

本当のところ、紺之丞の真意がよくわからない。

堅苦しい言葉遣いの文には、神田祭の日が非番であることと、江戸定詰の藩士が祭り見物の案内をしてくれること、せっかくだからおなつにも声を掛けるということが淡々と綴られていた。

駕籠かきがおなつに告げた。

「そんじゃ、出しやすぜ」

返事をする間もなく、駕籠が動き始める。

実は、駕籠に乗るのは初めてだ。駕籠かきが走りだすと、思っていた以上に揺れる。おなつは転がり落ちたりしないよう、ぎゅっと体に力を入れた。

簾を巻き上げてあるので、町の景色が見える。

おなつはあまり遠くへは出歩かないし、盛り場である深川八幡町も避けている。だから、駕籠から見える景色は新鮮だった。

深川のにぎわいの真ん中を突っ切り、大川に架かる永代橋を通って、日本橋界隈に入る。

行けども行けども町が続いている。江戸はとても大きな町だ。人通りも多い。いろんな格好をした人が行き交っている。

千代田のお城の東側には平たい土地が広がっている。深川も、埋め立てて造ったところもあるくらいだから、坂がまったくない。

一方、お城の北側は坂が多い。武家屋敷の立ち並ぶ小川町から、神田川に架かる橋を渡った先の外神田と湯島、さらに北の本郷へ。駕籠の走る道は、いずれも坂がちだった。しかも、道が曲がりくねっているせいもあって、おなつには今どのあたりなのか、途中でわからなくなった。

紺之丞と落ち合うのは、加賀藩上屋敷からほど近い本郷三丁目にある料理茶屋、柳花亭だ。輪島屋よりちょっこし大きいくらいのお店やろうか、などと当てずっぽうに考えていたら、とんでもなかった。

「こちらが柳花亭ですぜ」

駕籠かきがそう告げて、おなつを降ろした。

「ありがとうございます」

揺れない地面を踏みしめて立ちながら、おなつは呆然とした。

立派な生け垣と広い庭を持つ、お屋敷のような料理茶屋が、目の前にあった。女中にうやうやしく迎えられ、恐縮しながらついていく。

紺之丞はすでに座敷で待っていた。一人ではない。三十をいくつか過ぎた年頃の武士が、紺之丞とともにいた。談笑というほどにこやかではないにせよ、二人で何かしゃべっていたようだ。

おなつを見るなり、ぱっと立ち上がりかけた紺之丞は、半端な格好のまま目を丸くして黙り込んだ。

言わんとすることは、おなつも察している。先日おひなから贈られた、鴇鼠色のお国染の着物をまとっているせいだ。黒い帯には、金木犀の可憐な花が刺繍されている。

こんなに上等な着物を身につけたことなど、今まで一度もない。やっぱり、似合っていないのかもしれない。

沈黙が落ちる。こういうとき、女のほうから勝手に口を開くのは無作法だろうか。それとも、黙りこくってあいさつもしないほうが失礼だろうか。

おなつは紺之丞の顔を見て、それから、いま一人の武士の様子をうかがった。相変わらず紺之丞は黙っている。もう一人のほうは、おなつが話すのを促すように小首をかしげた。

このかたが、横山左膳（よこやまさぜん）さまだ。

紺之丞からの文に書かれていたのだ。江戸定詰の御算用者、横山左膳という者に同席してもらい、祭り見物の案内役を務めてもらう、と。横山家は代々、加賀藩上屋敷に住んで御算用者の勤めに就いており、江戸には詳しいらしい。

横山は骨太な体つきで、立てば上背もありそうだ。顔の真ん中にどっしりとした獅子鼻が鎮座している。だが、目つきは優しい。

おなつは、なるたけ丁寧に座礼をした。

「き、今日は、お招きくださり、ありがとうございます。横山さまでございますね？お初にお目にかかります。なつと申します。よろしくお願いいたします」

精いっぱい礼儀正しくあいさつをした。面（おもて）を上げると、横山が目元を緩めておなつにうなずいた。

「お初にお目にかかる。横山左膳と申す。おなつのことは、そなたの叔父上や従弟どのからよく聞いておる。今日はよろしく頼む」

従弟どの、と話題にされた紺之丞は、ようやく腰を落ち着けて口を開いた。

「……よく来た。遠かっただろう？」

「駕籠を使わせていただいたので、平気です。でも、こういった場は初めてなので、何か粗相（そそう）があったら申し訳ございません」

横山はかぶりを振った。

「そう硬くならずともよい。我らのほうこそ、加賀藩士は武骨者ゆえ、そなたを脅かすような振る舞いがあるやもしれぬが、堪忍（かんにん）しておくれ」

「は、はい」

「おや、その着物はお国染か？」

「さようでございます。縁あって頂戴したのですが、身に余るほどの逸品なので、あの……こんな着物をまとって、こんなお座敷にいることが、まだ信じられません。夢の中のようです」

「そうか？　よく似合うておるぞ。なあ、紺之丞どの」

紺之丞は、ぷいとそっぽを向いた。

「馬子にも衣装だな」

これ、と横山が呆れ笑いをする。

「そなた、わかりやすい照れ方をするものだな。まったく困った男だ。おなつよ、気にせずともよいぞ。気位の高い十六、七の武家の男というのは、かわいい娘御が目の前におったところで、どうあっても素直になれんのだ」

「そ、そうなんですね」

「うむ。馬子にも衣装などと憎まれ口を叩く本心は、めかし込んだそなたに見惚れてしまった、という意味だ。紺之丞どの、そうであろう?」

紺之丞は反論するでもなく、そっぽを向いたまま黙っている。

とりあえず、横山が誉めてくれるくらいなので、おなつの格好が場違いということはなさそうだ。おなつは胸をなでおろした。

五

横山がおなつと紺之丞を促して、座を立った。後ほど柳花亭に戻って昼餉をいただくことになるらしいが、まずは祭り見物である。

本郷の坂道を南へ向かって歩きながら、横山が説いてくれた。

「神田祭では、町ごとに山車を繰り出して、行列をつくって練り歩く。山車の形は一つずつ異なっておってな、第一の山車は大伝馬町の諫鼓鶏。太鼓の上に雄鶏が乗っておる。それを先頭に、第二の山車は南伝馬町の猿、第三の山車は旅籠町一丁目の翁人形、と続く」

氏子町がそれぞれ司る山車は三十六番まであり、そのほかに、どこからともなく現れる山車もいくつかあるという。

山車の練り歩きの途中には、神輿の行列も挟まれる。第一の神輿には大己貴命の神霊、第二の神輿には平将門の霊が祀られているそうだ。

「関ケ原の合戦が起こった年にも、この祭礼はおこなわれた。神田明神のほうでは、江戸の主たる徳川さまが戦をなさっているのに祭礼など執りおこなってよいのか、と悩んだそうだが。しかし、この祭礼の最中に、関ケ原での東軍の勝利が伝えられた。徳川さまは、神田祭は吉事であるとお喜びになったそうだ」

周囲を人がぞろぞろと歩いていく。祭り見物に出掛けていくのだ。おなつは横山の後について歩いていく。江戸の切絵図を頭に叩き込んできたつもりだったが、もはや自分が今どこにいるのか、すっかり見失っている。

　祭囃子が聞こえてきた。

　思わずきょろきょろしていたら、横合いの路地から出てきた男とぶつかってしまった。

「きゃっ、ごめんなさい」

　はね飛ばされてしまいながらも、とっさに謝る。転びそうになったところ、後ろから抱き留められた。紺之丞である。

「危ないな。あいつ、酔っぱらいか？」

　見上げると、紺之丞は、黙って去っていった男を睨んでいた。鼻筋の通った横顔が美しい。化粧をしたおなつよりも、肌が滑らかで唇が赤い。

　おなつを抱き留めた腕は細いが、引き締まっていて力が強い。胸板も思いのほか広い。

「こ、こんちゃん……」

　放して、と言おうとしたのだが、慌ててしまって、おなつは紺之丞の古い名を口走った。

紺之丞がこちらを見た。むっとした顔だ。すぐさま、その顔が背けられる。おなつを抱きかかえるようにしていた腕も、ぱっと離れていった。

おなつは、どきどきと騒ぐ心ノ臓のあたりを手で押さえた。

このどきどきは何やろ？

きっと驚きのせいだ。こんちゃんは、幼くてかわいかった従弟。それがこんなに大きくなっているのを改めて知って、驚いた。

丹十郎の顔が脳裏をよぎった。

今の様子を丹十郎さんが見とったら、どう思ったやろ？

おなつの胸に、じわりと、罪悪の念が湧き起こる。

深く考えもせずに紺之丞の誘いに乗ってしまった。許婚がいる身なのに、従弟とはいえ元服済みの男と一緒に出掛けるだなんて、やはりいけないことだ。

いや、しかし、横山さまも一緒にいてくださるのだ。江戸に不案内なおなつと紺之丞のために、江戸のことを教えてくださっている。

そう、これは見聞を広めるための場だ。やましいところなんてない。おなつは胸中で自分に言い聞かせた。

前を歩く横山が、足を止めて振り向いた。おなつと紺之丞が立ち止まっているのに気づいたらしい。

「いかがした？　くたびれたか？」

紺之丞は嘆息し、ちらりとおなつを振り向いた。

「行くぞ。ぐずぐずするな」

そしていきなり、おなつの手首をつかんだ。骨張った指、手のひらの汗、ぎゅっと強い力。おなつは紺之丞に引っ張られて歩きだす。

これは駄目だ。いくら何でも、はしたない。

「こんちゃん、放して。人が見とるわ。あたし、はぐれたりせんさけ、お願い、放して」

訴えてみるが、紺之丞は聞き入れてくれない。横山に追いついたが、特に咎(とが)められもしなかった。前に向き直って歩を進めていく。

どうしよう？

おなつは、頭が真っ白になっていた。

すぐ目の前を行く紺之丞が、知らない男に見えた。美しく凜々しい若武者だ。そんな人が、おなつの手首をつかんで放さず、まるで手をつないでいるかに見える格好で、祭り見物の人混みの中を歩いている。

道を曲がると、前方に人垣が見えた。人々の頭越しに、鶴亀の飾られた山車が進んでいくのも見えた。

「喧嘩は江戸の華というが、神田祭と山王祭においてはその限りではない。祭り行列は粛々としたものだろう？　見物人が間違って往来に飛び込まぬよう、脇道に柵を設けておるそうだ。このあたりに屋敷を構える諸藩が出張って警固をおこなっておる。加賀藩上屋敷の朋輩も、どこかで槍持ちをしておるはずだが」

横山は、目の前を通り過ぎる山車を見送るたびに、あれはどこの町の山車でどんな由来がある、といったことを説いてくれた。

だが、おなつは結局、頭がふわふわするような心地のままだった。紺之丞がおなつの手首をつかんだきり放さないので、祭り見物を楽しむどころではなかったのだ。

六

昼餉をとるために、柳花亭へ戻った。

帰路の途中、人通りが少なくなってきたあたりで、紺之丞はようやくおなつの手を放した。

ちょうどその瞬間を、横山に見られていた。横山がにやりとして、紺之丞の背中を大きな手で叩いた。紺之丞は迷惑そうに顔をしかめた。

和之介に対するのと違い、紺之丞は、横山とはちゃんとしゃべっている。言葉遣いも丁寧だ。からかわれれば、むっとした顔でひと言ふた言、やり返したりなどする。

紺之丞と横山と、歳は離れているが、お役目の上の格式は同じであるらしい。

「秀才と名高い紺之丞どのは、役所の中でもつんとしていることが多くてな。いかにも生意気そうな若造で、しかも、仕事がなかなかよくできる。それをおもしろくないと感じる連中もおるわけで、友らしい友ができぬのだよ」

横山はざっくばらんに打ち明けた。紺之丞はじろりと横山を睨んだ。

「私は、反りの合わない相手と馴れ合うつもりはないんです。好きでもない相手に合わせてごまをすったりなんて、時の無駄遣いでしょう」

柳花亭の昼餉は、鯉を使った料理が中心のお膳だった。きっちりと下ごしらえがなされているらしく、川魚の泥くささをまったく感じない。

ふっくらと蒸し上げて葛の餡をかけたもの。湯引きにして酢味噌を添えたもの。煮つけと味噌汁。

おなつは普段、江戸の料理を口にする機会がない。鯉料理を食べたのは、江戸では初めてのことだった。何となく思い描いていたよりも優しい味わいだ。

紺之丞も、きちんと食事をとった。両親の前では箸を取ろうともしないというが、おなつの前では問題ない。横山がいるのも許せるらしい。

食べ終えてお膳を下げてもらうと、香ばしいほうじ茶と、鯉の形を模した練り切りが出てきた。

横山が女中に声を掛けた。

「拙者はこれにて暇乞いするゆえ、こちらの菓子を包んでくれぬか？　妻が喜びそうなのでな」

「かしこまりました」

女中が下がり、横山も腰を浮かした。

「では、紺之丞どの、ここから先は、そなたがしっかりせねばならぬぞ。おなつどの、今日は会えてよかった。また会うこともあろう。息災でな」

「はい。お祭りのお話をたくさんお聞かせくださり、ありがとうございました」

横山が座敷を出ていって、おなつは紺之丞と二人で残されてしまった。

しんとしてしまう。

昼餉の間は、横山がたびたび口を開き、話をしてくれたので、沈黙に押し潰されずに済んだ。だが、紺之丞と二人きりというのは、実に気まずい。

おなつは、ちらりと紺之丞を見やった。上座に紺之丞、下座におなつがいて、間は離れているものの、向かい合わせになっている。

紺之丞が深々と嘆息してから、大きく息を吸い、言った。

「おなつ」

「はい」

「話がある」

「は、はい。何でしょう?」

紺之丞はおなつの目をじっと見ていたが、耐えきれなくなったようにうつむいた。そのまま早口で告げた。

「横山どのは、おなつの養父になっていいとおっしゃっている。父が横山どのに話を持ちかけた。横山どのは、今日こうして会って話して、おなつならばいいだろうとおっしゃった。商家育ちとはいえ、家名に泥を塗るようなおなごではあるまい、ともおっしゃっていた」

あまりに唐突な話だ。おなつは何のことだかわからず、首をかしげた。

「養父、というのは、一体どういうことでしょう? 横山さまが、なぜ?」

紺之丞が苛立ち交じりの声を上げた。

「だから、家柄の話だ。武家は格式に縛られる。おまえは、今のままでは町人で、それはふさわしいことではない」

「ふさわしくないと言われても、あたしは輪島の商家で育ったんですよ。お武家さまとは違うんです」

「違わない。おまえは武家の血を引いている。父上も伯父上も、伯母上が武家に戻ってこられない代わりに、おなつを武家の娘として遇したいと言っていた。私もそう思っている。幼い頃からずっと、そう思ってきたんだ」

紺之丞は、ついに心を定めたかのように、きっぱりと顔を上げておなつを見据えた。

「おなつ、約束をしてくれたこと、覚えているか？」

じわじわと、おなつも察し始めている。

思い出してきた。金沢で過ごしていた十の頃、母とその兄弟から「子供の頃に交わした約束があった」という話を聞かされたのだ。幼かった和之介叔父が言いだしたことだという。いつか大人になって子供が生まれたら――そんな夢を、きょうだいで語り合い、約束した。

おなつがすべてを思い出す前に、紺之丞が口を開いた。

「もしもおなつが武家の娘として生まれていたら、私の許婚になっていた。私かおなつに弟がいたら、伯父上のところの養子になって、早道町の高島家を継ぐはずだった。父と伯母上と伯父上が、ずっと昔、そんなふうに約束していたそうだ」

「覚えとる。思い出した。十の頃のあたしには、よくわからんところもあった。でも、覚えとるよ。だから、それを聞いたこんちゃんが……」

丸い頰を赤く染めて、きらきらした目でおなつを見つめ、言ったのだ。

「大きくなったら、なつ姉と一緒に金沢に住みたいの。輪島がどんなに遠くても、迎えに行ってあげるからね。此之丸は、なつ姉のことが大好きなんだ。ね、約束しようよ」

七つだった紺之丞がその当時、家柄云々の込み入った話がどこまで理解できていたのかはわからない。それでも、おなつが紺之丞の許婚になりえた、というところはきちんとわかっていた。

そして、紺之丞はずっと、その約束を忘れていなかったのだ。

「おまえが横山どのの養女になれば、武家に嫁ぐことができる。横山家なら、我が清水家との家格の釣り合いもとれる。横山どのはおまえと話して、養父の役目を引き受けると約束してくれた。あとは、おまえの答え次第だ」

「待って。そんなこと、急に言われても、あたし……」

自分が武家の養女になるとか、ましてや武家に嫁ぐだとか、考えたこともなかった。

十の頃、母がかつて兄弟と交わした約束について聞かされたときも、我がことととして受け止められずにいた。

だって、おなつの許婚は丹十郎だ。幼い頃から「大きくなったら、一緒になるんやぞ」と約束していた。丹十郎は末っ子だから、自分がおなつの家に入ると言ってくれていた。

母も丹十郎との仲を認めていたはずだ。幼かった頃の兄弟との約束より、母とおなつの「今」を選んでいたはず。だって、金沢の武家の女ではなく、輪島の商家の女として暮らしていくことを選んだのは、母自身なのだから。

おなつの世界は、輪島の中で閉ざされていた。小さくて、居心地のよい場所。大好きな人たちに囲まれた、離れがたい場所。その宝物のような小さな世界だけで、おなつには十分だったのに。

紺之丞は、いやいやをするようにかぶりを振った。

「本当なら、生まれる前から定められた道のはずだった。私の許婚はおなつだったんだ。七つの頃にそれを知って嬉しかった。だが、なぜおなつが私のもとへ戻ってきてくれないのか、悔しくもあった。一度はあきらめようと思った。でも、どうしても、ほかの誰かじゃ嫌だった！」

吐き捨てるように、紺之丞は言った。

　和之介が明かしてくれたとおりだ。紺之丞が父と口を利かなくなったのは、よそから縁談を持ってきたことがきっかけだった。紺之丞が七つの頃から信じてきた、高島家のきょうだいの約束を蔑ろにしたから。

　紺之丞は、燃える目をしておなつを見据えている。揺らめく炎のように、透き通った涙が、まっすぐなまなざしの中に燃えている。

「私は、おなつを娶りたい。おなつじゃなきゃ駄目だ。江戸に来て、再び出会って、離れがたいと思った。手放したくない。ほかの誰にも渡したくない」

　おなつの胸の内側で、心ノ臓が早鐘のように打っている。

「困るよ。あたしは、丹十郎さんと約束しとるんよ。丹十郎さんと一緒に、輪島に戻る。それができるまで、丹十郎さんの隠密のお務めが終わるまで、江戸で待つって決めた。一緒に輪島に帰るために待つんや」

「知っている。おなつのことはすべて調べた。隠密の務めの内実もな」

「だったら……」

「だから何だというんだ？　そいつが本当に帰ってくるという、確かな証はあるのか？　おなつを待たせ、苦しめるほどの値打ちが、そいつにあるのか？」

「……そんな冷たいこと言わんといて。お願い。あたしには、信じて待つしか道がないんやもの」

「あくまで待つつもりなのか？」

おなつはうなずいた。喉元まで不安がせり上がってきているから、声に出して何かを訴えることはできなかった。

本当は寂しい。本当は怖い。

丹十郎さんがこのままいなくなってしまうかもしれん、と不安になることはしょっちゅうだ。生きて帰ってきてくれるとは限らない。おなつよりも大切に想える人と出会ってしまうかもしれない。

寂しい。怖い。不安でたまらない。

でも、待つことのほかに、おなつに何ができるというのか。

「あたしは、待ちます」

やっとのことで絞り出すように、おなつは答えた。

紺之丞は静かに、そうか、と言った。

「だったら、私も待とう。いろは屋丹十郎が蝦夷地探索の任を終えて戻ってくるまで、おなつと一緒に待ってやる。だから、おなつ。そのときに選べ。私か、丹十郎か」

突きつけられた言葉に、息を呑む。

とっさに何も答えられない。心ノ臓だけはやかましく騒いでいる。

紺之丞は目を伏せた。乱暴なしぐさで鯉の練り切りを口の中に放り込み、ほうじ茶をがぶりと飲む。

「これを平らげたら、舟で深川まで送ってやる。寄りたいところがあるのなら、ついでに連れていってやるが」

おなつは、首を左右に振った。

甘いはずの練り切りは、泥団子でも食べているかのように、少しも味が感じられなかった。


ごめんなさい、と胸中で念じた。繰り返し念じた。

丹十郎さん、ごめんなさい。あたし、言えんかった。どんなことがあっても丹十郎さんを選ぶって、こんちゃんに言えんかった。

ごめんなさい。

丹十郎さん、今すぐ帰ってきてくれんけ。あたしをつかまえて、放さんといて。そして、叱ってほしい。

秋の日は短い。

柳花亭を出てみれば、あたりは夕暮れの色に染まり始めていた。

まずは舟の手配のために船宿まで行くというので、紺之丞はおなつを駕籠に乗せ、自分はその傍らを歩いた。おなつも自分の足で歩くと言ったのだが、受け入れてもらえなかった。

武家の者にとって、往来で男女が連れ立って歩くなど、言語道断の振る舞いだ。柳花亭の座敷で二人きりになったのも、本当なら咎めを受ける。横山があえて退出したのは、おなつを紺之丞の許婚と認めた、ということだろう。

もう、何が何だかわからない。

神田川沿いの船宿までは駕籠かきが、猪牙舟に乗って深川宮川町に戻るまでは船頭が、おなつと紺之丞の道行きのお供をした。

再び紺之丞と二人になったのは、舟を降りてふるさと横丁に向かうまでの短い道のりだった。

このあたりの地理に明るいおなつが先を歩き、紺之丞がすぐ後ろをついてくる。

「おなつ」

ささやく声が聞こえた。

「はい」

振り向かないまま答えた。続く言葉を、しばらく待った。黄昏時（たそがれどき）の薄闇があたりを包んでいる。

輪島屋の明かりが見えてきた。

おなつ、と、紺之丞が再びささやいた。おなつは、今度は答えなかった。聞こえないふりをした。

紺之丞のささやき声が続いた。

「……おなつのことが好きだ。ただそれだけなんだ」

夕闇の空から風が吹き下ろしてくる。どこからともなく、虫の音が聞こえてくる。

おなつは、何ひとつ耳に入らなかったふりをした。輪島屋のほうへ向かって、黙って歩を進めた。

主な参考文献

井上雪『加賀の田舎料理』（講談社）
青木悦子『金沢・加賀・能登　四季のふるさと料理』（北國新聞社）
守田良子監修『加賀・能登　おばあちゃんの味ごよみ』（能登印刷出版部）
輪島市史編纂専門委員会編『輪島市史』
図説 輪島の歴史編纂専門委員会編『市制施行五十周年記念　図説 輪島の歴史』
金沢市史編さん委員会編『金沢市史』
高澤裕一・河村好光・東四柳史明・本康宏史・橋本哲哉『石川県の歴史』（山川出版社）
牧野隆信『日本海の商船　北前船とそのふる里』（加賀市教育委員会）
磯田道史『武士の家計簿「加賀藩御算用者」の幕末維新』（新潮新書）
染織風土記刊行会編『加賀友禅（シリーズ・染織風土記）』（泰流社）

映像資料

『世界農業遺産　能登の里山里海』（北國新聞社）

輪島に関する記述は上田聡子さんとご両親にご監修いただいています。
この場を借りて深く御礼申し上げます。

この作品は徳間文庫のために書下されました。

徳間文庫

深川ふるさと料理帖㈠

輪島屋(わじまや)おなつの潮(しお)の香(か)こんだて

2024年12月15日 初刷

著者 馳月(はせつき)基矢(もとや)
監修者 上田(うえだ)聡子(さとこ)
発行者 小宮英行
発行所 株式会社徳間書店
東京都品川区上大崎三―一―一 〒141―8202
目黒セントラルスクエア
電話 編集〇三(五四〇三)四三四九
販売〇四九(二九三)五五二一
振替 〇〇一四〇―〇―四四三九二
印刷
製本 中央精版印刷株式会社

ISBN978-4-19-894983-9 (乱丁、落丁本はお取りかえいたします)